長編小説

ふしだら稽古
女子大剣道部

葉月奏太

竹書房文庫

目次

この作品は竹書房文庫のために
書き下ろされたものです。

第一章　練習後の甘い秘戯

1

砂浜に冷たい潮風《しおかぜ》が吹きつける。

ここは千葉県の九十九里浜だ。夏は海水浴客で溢れて、サーフィンの聖地としても知られている。

しかし、三月となると人影はまばらだ。

サーファーは真冬でも来るが、このあたりは地形のせいで波がよくないらしい。そういうわけで、ウェットスーツ姿のサーファーは離れた場所にいるが、近づいてくることはなかった。

(今日も暇そうだな……)

谷田《たにだ》勇次《ゆうじ》は窓から海をぼんやり眺めていた。

朝食を摂《と》ったことで眠気が襲っている。大きく伸びをしてあくびを漏《も》らした。

生まれも育ちも九十九里だが、サーフィンに興味はない。どこか軽い感じのするサーファーが昔から苦手だった。

勇次は二十一歳の大学三年生だ。東京のアパートでひとり暮らしをしており、今は春休みで帰省している。

本当は実家に帰るつもりはなかった。

とはいっても、とくに予定が入っていたわけではない。春休みは部屋でのんびり過ごすつもりでいた。

なにかに熱中しているわけでもなく、毎日ブラブラしている。就職活動をしなければならないが、今ひとつ気合いが入らなかった。友人たちのなかには、すでに内定をもらった者もいる。だが、勇次は呑気《のんき》に構えていた。

そんな勇次に呆れたのか、半年ほど前、恋人にフラれてしまった。そのせいでますますやる気が出なくなっていた。

だらけた生活を送っていたある日、父親から電話があった。

「春休みの間だけでも手を貸してくれ」

兄の雅樹《まさき》が怪我《けが》をして入院したので戻って来いという。気は向かないが、事情が事情なだけに断るわけにはいかなかった。

実家は九十九里で谷田荘という民宿を経営している。ふだん使っている客室数は五つで、すべての部屋から海を見渡せるのが自慢だ。

五年前に雅樹が継いで、両親はサポートにまわっていた。

雅樹は六つ年上の二十七歳だ。大学を卒業する直前、父親が体調を崩して倒れたため、決まっていた就職を取りやめて実家に戻った。大きな儲けはないが、とりあえず経営は順調だと聞いていた。

ところが先日、雅樹が怪我をしたという。

庭の木を剪定《せんてい》しているとき、脚立《きゃたつ》が倒れて肩をしたたかに打ったらしい。病院で診てもらうと骨が折れており、入院することになった。

そういうことで、勇次が帰省して民宿を手伝うことになったのだ。

しかし、兄の代わりが務まるとは思っていない。勇次はあくまでも両親の手伝いという形だ。この時期はそれほど忙しいわけではないので、なんとかなるだろうと高をくくっていた。

実際、帰省してから三日になるが、じつにのんびりしている。ふたり連れの釣り客がひと組泊まっただけだ。

ゴールデンウィークや夏休みなどの繁忙期《はんぼうき》はパート従業員を雇うこともあるが、今は家族だけで充分間に合っていた。

（このまま誰も来なければいいなぁ……）

事務所の窓から海を見つめて心のなかでつぶやく。

経営のことを考えれば客が来ないのは問題だ。だが、春休みの間だけなら、少しくらい暇でも大丈夫だろう。夏になれば客がひっきりなしに訪れるのだ。それを考えると、兄が怪我をしたのが春でよかった。

「ちょっと勇次、なにぼんやりしてるの」

母親が事務所に入ってくるなり大きな声をあげた。

「だって、どうせ暇だろ」

「なに言ってるの。予約が入ってるのよ。今日から白河《しらかわ》女子大の合宿じゃない。部屋の準備をしないと」

そう言われて、慌ててパソコンの予約画面を確認する。

今日から五泊の予定で団体の予約が入っていた。そういえば、毎年、春休みは白河女子大学剣道部が合宿で泊まっているらしい。話には聞いたことがあるが、自分は直接関わっていないので忘れていた。

（ゆっくりできると思ったのに……）

仕方なく椅子から立ちあがると客室に向かう。

掃除はしてあるが、客が到着する前にもう一度チェックしなければならない。それに大浴場の確認も必要だ。客室に風呂はないので、必ず大浴場を使うことになる。シャンプーやリンスが足りなければ補充をしなければばならない。

（女子大っていっても、剣道部だからな……）

過度な期待はしないほうがいいだろう。

じつは多少なりとも剣道の知識がある。兄が剣道をやっていた影響を受けて、勇次も高校で剣道部に入部したのだ。しかし、長つづきせずに一年で退部した。挫折の苦い思い出だ。

とにかく、勇次が所属していた高校の剣道部の女子は、地味で野暮ったかった。そのイメージがあるので、女子大の剣道部が来ると聞いても、まったく浮かれることはなかった。

昼すぎ、白河女子大学剣道部一行が到着した。

チェックインは午後二時からだが、荷物だけ部屋に置いて、すぐ稽古《けいこ》に向かうのが毎年の恒例だという。ほかに宿泊の予約が入っていないため、実質、剣道部の貸切状態となっていた。

顧問が一名と部員が七名の総勢八名だ。

想像していたのとは違って、華《はな》やかな雰囲気が漂っている。一見するとテニスサークルのような爽《さわ》やかさだ。しかし、彼女たちが持ち歩いているのは、テニスのラケットではなく大きな防具袋と竹刀《しない》袋だ。

剣道は荷物が多いので持ち運ぶのが大変だ。とくに合宿や試合のときなど、移動するのに苦労した覚えがある。男の勇次でもそうだったのだから、女性ならなおさら大変だろう。

「いらっしゃいませ。お待ちしておりました」

勇次は玄関に立って出迎えた。

両親は晩ご飯の仕込みで忙しい。そのため、チェックインは勇次が担当することになっていた。

「今年もお世話になります」

濃紺のスーツを着た女性が丁寧に頭をさげる。そして、柔らかい口調で自己紹介をはじめた。

彼女は顧問の森岡《もりおか》香菜子《かなこ》だという。

ふと兄が話していた言葉を思い出す。白河女子大学剣道部の顧問はきれいな人妻だと言っていた。

話半分に聞いていたが、兄の言葉に間違いはなかった。

目の前に立っている香菜子は、美人なうえにプロポーションも抜群だ。白いブラウスの胸もとは大きくふくらんでおり、ジャケットの襟《えり》を内側から左右に押しひろげている。記憶が正しければ三十歳だったと思う。

（こんな美人が……）

思わず見とれてしまう。

大学では文学の常勤講師だという。ストレートロングの黒髪が艶《つや》やかで、微笑を浮かべた表情にも惹《ひ》きつけられる。しかも、きれいなだけではなく剣道四段の腕前だというから驚きだ。

「いつもの方は？」

香菜子が微《かす》かに首をかしげる。

雅樹の姿が見当たらないので不思議に思っているようだ。常連客には誤解のないように事情を話しておくべきだろう。

「兄は怪我をして入院しているんです」

順を追って説明する。そして、自分は雅樹の弟であることを伝えて、簡単に自己紹介をしておいた。

「そうでしたか。お兄さまにはお大事になさるようにお伝えください。大変でしょうけどがんばってくださいね」

香菜子は納得した様子でうなずいて、やさしい言葉をかけてくれた。

「ご丁寧にありがとうございます」

「部員たちを紹介しておきますね」

初対面なので気を使ってくれたのだろう。香菜子は七人の部員たちを順番に紹介してくれた。

「よろしくお願いします」

落ち着いた声で挨拶したのは主将の高梨沙月《たかなしさつき》だ。

三年生で二十一歳、剣道三段。黒いフレアスカートに白いブラウス、黒いダウンコートを羽織っている。セミロングの黒髪がサラサラしており、切れ長の瞳が特徴的で凛《りん》としている。

「こちらこそ、よろしくお願いします」

勇次は緊張しながら言葉を返す。

すると沙月はにこりともせずにうなずいた。責任感が強そうで、冷静沈着な主将といった佇《たたず》まいだ。クールな雰囲気のせいだろうか、同い年なのにずいぶん大人びて見えた。

「今年もお世話になります。九十九里はいいところですね」

つづいて副将の三宅千夏《みやけちなつ》がにこやかに挨拶する。

沙月と同じ三年生で二十一歳だが、印象はまったく違う。千夏は社交的な性格らしく、常に笑顔を絶やさない。やさしげな顔立ちをしており、笑うと目が三日月のように細くなる。

白いワンピースに焦《こ》げ茶のダッフルコートという服装が似合っている。剣道二段だということだが、武道とは無縁に見えた。

さらに香菜子はほかの部員たちも、さらりと紹介してくれた。

（みんな美人じゃないか……）

思わず心のなかでつぶやく。

クールな沙月に愛らしい千夏、それぞれ魅力的だ。顧問の香菜子もきれいだし、ほかの部員たちも清潔感があり、整った顔立ちをしている。女子大の剣道部員が、これほど美人ぞろいとは意外だった。

「聞いてた話と違うんですけど」

ふいに不機嫌そうな声が聞こえた。

一年生の白井絵里花《しらいえりか》だ。勇次と目が合うと、生意気そうに顎をツンとあげる。その瞬間、明るい色の髪がふわっと舞った。

大学に入ってから剣道をはじめたということで、現在は一級だという。今年中に初段を取ることが目標らしい。つまり剣道歴はまだ一年にも満たない初心者だ。それなのに態度だけはやけに大きい。

「イケメンのお兄さんがいるっていうから、楽しみにしてたのに」

絵里花が聞こえよがしに言い放つ。腕組みをしてため息を漏らすと、勇次のことをにらみつけた。

(な、なんだ?)

思わずたじろいでしまう。

こういう気の強いタイプの女性は苦手だ。自分から近づくことはないが、避けられない場面もある。今がまさにそれだ。こういうときは言い返したりせず、静かに嵐が過ぎ去るのを待つしかない。

「ちょっと、絵里花ちゃん」

千夏が慌てて制する。

しかし、絵里花はまったく反省する様子がない。それどころか、ますます不満げな顔になった。

「だって、先輩たちが期待させるから……がっかりです」

「それくらいにしなさい」

見かねたように沙月が声をかける。

すると、絵里花はむすっとしながらも、そっぽを向いて黙りこんだ。さすがに主将には逆らえないらしい。それでも納得できないのか唇をとがらせていた。

(また兄さんか……)

勇次は心のなかでつぶやいた。

どうやら彼女たちの間で、雅樹は人気者になっていたらしい。確かに兄はキリッとした顔立ちで、昔からよくモテていた。勉強ができて剣道も強かったので当然だとは思う。自慢の兄ではあるが、比べられるのは正直おもしろくなかった。

「では、お部屋にご案内します」

気を取り直して語りかける。

一階には事務所と食堂、それに厨房《ちゅうぼう》があり、客室はすべて二階にある。勇次は彼女たちを先導して廊下を進み、二階への階段をあがっていく。

ひと部屋にふたり泊まることになっているので、四つの部屋を使うことになる。いよいよ五泊六日の合宿がはじまった。

2

合宿期間中、彼女たちは民宿から徒歩五分ほどのところにある町民スポーツセンターで稽古をすることになっている。事前に剣道場を予約してあり、ほかの人が利用することはない。完全な貸切だ。

顧問と七人の部員たちは、すでに道着と袴《はかま》に着がえている。

道着と袴の色は紺か白が一般的だ。明確な規定はないが、子供や女性が白を着用することが多い。年齢を重ねるごとに紺を好むようになっていくようだ。白河女子大学剣道部では顧問の香菜子が紺で、部員たちは白を着用している。

全員が真剣な表情で竹刀を握っていた。

胴はつけているが、面と小手《こて》はまだつけていない。先ほど準備運動を終えて、今は稽古の基本である素振りをしているところだ。道場の空気はひんやりしていたが、彼女たちの体温で徐々に室温があがっていた。

(どうして、俺まで……)

思わず愚痴《ぐち》が喉から出かかった。

なぜか勇次は数年ぶりに道着を身につけて竹刀を振っている。道場の澄んだ空気も床の冷たい感触も久しぶりだ。

じつは玄関先で彼女たちが稽古に出かけるのを見送ろうとしたとき、厨房で仕込みをしていた父親が現れたのだ。

「勇次、剣道の稽古をつけてあげなさい」

突然の言葉に驚いた。

いったい、なにを言い出しているのだろう。そう思って固まっている勇次に向かって、父親はさらに言葉をつづけた。

「いつもは雅樹が稽古をつけてるんだ。おまえも経験者なんだから――」

「そ、そんなの無理だよ」

勇次は慌てて父親の言葉を遮《さえぎ》った。

経験者といっても、たった一年だけだ。彼女たちのほうが、ずっと長いことやっている。しかも、勇次がやっていたのは何年も前の話だ。

一方の雅樹は大学時代も剣道に打ちこんでいた。今でもときどき地元の子供たちに教えていると聞いている。だが、女子大生たちに剣道を教えていたことは、まったく知らなかった。

「弟さんも剣道をやられていたんですね」

香菜子がうれしそうに話しかけてきた。

どうやら、勇次と父親のやり取りが聞こえたらしい。ほかの部員たちも、こちらに注目していた。

「い、いえ、兄ほどでは……」

「謙遜《けんそん》なさらないでください。あのお兄さんの弟さんなら、きっと相当な腕前なのでしょうね」

「いやいや、それほどでも……」

ついあやふやなことを言ってしまった。

ここできっぱり否定するべきだった。たった一年でやめたと言えば、勘違いされることはなかったはずだ。だが、注目されるなかで、挫折したことを口にするのは恥ずかしかった。

「ぜひ稽古をつけていただけないでしょうか」

「それはちょっと……なにしろブランクがありますから。じつは、事情があって引退したんです」

本当は稽古がきつくてやめただけだが、それを知られるのは格好悪い。ごまかそうとした結果、意味深な言いかたになってしまった。

「もしかして、怪我をされたのですか？」

「そういうわけでは……たいした理由じゃありません」

言葉を濁すと、香菜子は申しわけなさそうな顔になる。

なにか勘違いをしているようだが、あえて訂正はしない。そのほうがあきらめてくれると思った。

「日常生活に支障は？」

「とくに問題はないです」

そう答えると、香菜子は小さくうなずいた。

「少しだけでもいいんです。ふだん女だけで稽古しているので、男性が入ると引きしまるんです。なんとかお願いできませんか」

ますます言葉に熱がこもっていく。社交辞令ではなく本気で言っているのは間違いなかった。

「や、宿の仕事があるので……」

仕事を口実に断ろうとする。

兄とは雲泥《うんでい》の差がある。自分などに教えられるはずがない。剣道歴でいったら一年生の絵里花とたいして変わらないのだ。すぐに化けの皮が剝《は》がれて、恥をかくのは目に見えていた。

（なんとしても断らないと……）

絶対に引き受けるわけにはいかない。

香菜子が熱心に頼むが、勇次はやんわり断りつづける。ところが、父親が横から口を挟んだ。

「宿のほうは、わたしと母さんでなんとかなるから、せめて午後だけでも教えてあげなさい」

それを聞いた香菜子と部員たちが、いっせいに歓声をあげた。

「ありがとうございます。ぜひ、特別コーチをお願いします」

「先生、よかったですね」

「合宿に来た甲斐があります」

主将と副将も笑みを浮かべて盛りあがっている。とてもではないが断れる雰囲気ではなくなってきた。

「ちょっと、父さん……」

「これもサービスの一環だ。しっかり頼むぞ」

父親に耳打ちされて、いよいよ逃げられなくなった。

この時期、毎年泊まってくれるのは、雅樹が無償で剣道を教えているからだと思っているらしい。

(もし、俺が断ったら……)

彼女たちは気を悪くするだろうか。

だからといって、来年から宿を変えることはないと思う。だが、万が一ということもある。零細企業の民宿にとって客の確保はなにより重要だ。自分のせいで常連客を失うわけにはいかなかった。

引き受ける以上はボロが出ないようにやるしかない。自分の意思に反して、特別コーチを引き受けることになってしまった。

そして今、勇次は女子大生たちとともに剣道場にいる。

何年も使っていなかった道着と防具が、しっかり手入れされていた。あらかじめ父親が準備をしていたらしい。雅樹が怪我をしたとき、勇次にコーチをやらせることを考えたのだろう。

（まずいな……）

少し動いただけでもブランクを色濃く感じる。

何年もやっていないのだから当然だ。ほんの少し素振りをしただけなのに、肩の筋肉に張りを感じる。高校一年で剣道を辞めてから、体育の授業以外はほとんど運動をしていない。運動不足もいいところだ。

（とにかく、やるしかない……）

苦しい顔をしないように意識しながら素振りをつづける。

主将の指示に従って、上下素振り、正面素振り、左右素振り、跳躍素振りなど、基本動作をくり返す。

（まさか、また剣道をやることになるとは……）

ふと高校の部活を思い出す。

剣道に打ちこむ兄の姿に憧れて、高校で思いきって剣道部に入った。ところが、そう簡単に上達するはずもない。ほかの部員は経験者が多かったこともあり、自分の不甲斐なさに落ちこんだ。

（稽古が厳しくて、ついていけなかったんだよな……）

さりげなく周囲を見まわす。

生意気な口をきいていた絵里花は、意外にもまじめに竹刀を振っている。太刀筋《たち》も悪くない。先輩たちに比べるとまだまだだが、日ごろからしっかり稽古しているのがわかる。

ほかの部員たちも真剣な表情だ。手を抜いている者はひとりもいなかった。

(いい雰囲気だな……)

厳しい稽古を強要された自分の高校時代とはまるで違う。

この剣道部では、基本的に主将が中心になって練習をするようだ。顧問の香菜子は指示を出すことなく部員たちを見守り、自分も黙々と稽古をしている。部員たちの自主性にまかせるスタイルなのだろう。

こういう練習方法のほうが上達するのではないか。無理やりやらされると、剣道そのものを嫌いになってしまう。高校の部活もこういう環境だったら、もう少しつづいたのではないかと思う。

(それにしても……)

先ほどから胸の高鳴りを覚えている。

周囲は女子ばかりだ。額に汗を浮かべて竹刀を振る彼女たちのことが、気になって仕方がない。きれいな女性ばかりで、ついつい目が向いてしまう。

勇次のすぐ隣で早素振りをしているのは沙月だ。

主将だけあって、とくに気合いが入っている。太刀筋がまったくブレない美しい素振りだ。竹刀を振りおろすたびに、ハッ、ハッと短く息を吐き出す。本人は真剣そのものだが、息づかいが妙に色っぽく感じてしまう。

さらにその隣には副将の千夏がいる。

ざっと見た感じ、おそらく実力は沙月に次いで高そうだ。やはり気合い充分に竹刀を振っている。ふだんはやさしげだが、稽古中は引きしまった表情だ。そのギャップにドキリとさせられる。

香菜子は四段だけあって、レベルがひとりだけ違う。竹刀を振るたび、鋭い風切り音が鳴っている。当然ながら勇次などは足もとにも及ばない。見ているだけで、ほれぼれするような素振りだ。

みんな汗ばんでおり、顔から首スジにかけてがほんのりと赤く上気している。時間が経つにつれて呼吸が徐々に乱れていく。

剣道場の静謐《せいひつ》な空気に反して、女性を感じずにはいられない。勇次は自分の手もとがブレていることに気づき、慌てて竹刀を握り直す。

しかし、そもそも実力がともなっていないうえに稽古は数年ぶりだ。注目されたら下手《へた》なのがバレてしまう。とくに前後にすばやく動きながらの跳躍素振りは、足の運びがついていかずにバタバタした。

(まずいぞ……)

このままだとボロが出る。仕方なく跳躍素振りを中断すると、ゆっくりとした動きの上下素振りに戻した。

「どうしたんですか?」

沙月が訝《いぶか》るような目を向ける。

勇次の動きに疑問を持ったらしい。沙月はいったん素振りをやめると、じっと見つめてきた。

「き、基本を大切にしてるんだ」

苦しい言いわけだ。

まさか跳躍素振りに足がついていかないとは言えない。すると、沙月はそれ以上なにも言わずに素振りを再開した。

(下手くそなのがバレたかな?)

全身の毛穴から冷や汗が噴き出す。

沙月は剣道三段だ。それほどの腕があるなら、ひと目見ただけで勇次のレベルがわかるのではないか。

沙月の隣で素振りをするのは危険すぎる。これ以上つづけたところで、またつっこまれるだけだ。勇次は竹刀をおろすと、みんなの稽古を見ているフリをして道場のなかをゆっくり歩いた。

やがて沙月の指示で足さばきの稽古がはじまる。

足さばきとは、相手を打突《だとつ》したり攻撃をかわしたりするための足の運び方だ。基本はすり足で、左足と右足のかかとを少しあげて床をすりながら移動する。体勢を崩すことなく前後左右にすばやく動けなければならない。この足さばきも剣道の基本となる技術のひとつだ。

竹刀を持たず、ひたすらすり足をくり返す。あえて竹刀を持たないのは、足の動きに集中するためだ。

勇次も昔やった覚えがある。最初のころは、よく足の裏の皮が剝《む》けた。テーピングをしても痛くて大変だった。だが、いつの間にか慣れて、まったく気にならなくなっていた。

「切り返しをはじめます。面をつけてください」

沙月が指示を出して、部員たちが面と小手をつける。

切り返しとは、ふたりひと組で行う稽古だ。正面打ちと左右面を組み合わせた動きで実際に打ちこむ。正しい動作を意識することで、悪い癖に気づいて乱れた基本を修正する。これだけでも強くなれる大切な稽古だ。

顧問と部員で計八人なので、ちょうど四組になる。勇次が参加する必要はないので内心ほっとした。

八人が向かい合って構えると、さっそく切り返しがはじまった。

「メーンッ、メンメンッ――」

全員が声出しをしながら打突をくり出す。

気合いの入った声が道場に響きわたる。面をつけているので表情はわからない。だが、素顔を知っているせいか、気迫のある声が耳に心地よく感じる。勇次は稽古をチェックしながら、彼女たちの声を楽しんだ。

さらに基本技や応じ技の反復練習があり、すべてのメニューが終了した。午後二時から五時までの三時間、なかなか内容の濃い稽古だった。

「勇次さん、どうでしたか？」

千夏に声をかけられてドキリとする。

稽古内容について聞かれたのは明らかだが、いきなり名前で呼ばれたことに驚いて言葉を失った。

「ダメでしたか？」

にこやかだった千夏の表情が暗くなる。

勇次が稽古内容に納得していないと取ったのかもしれない。すぐに答えなかったので誤解させてしまったようだ。

「急に名前で呼ばれたから……」

「お兄さんと区別しようと思ったんですけど、不愉快でしたか？」

千夏が申しわけなさそうな顔になる。そんなことはないのに、今にも頭をさげそうな雰囲気だ。

「い、いや、ちょっと驚いたけど、名前で構わないよ」

勇次は慌てて語りかける。

照れくさいが悪い気はしない。むしろ名前で呼ばれるほうが、距離が近い感じがしてうれしかった。

「よかったです」

千夏がほっとしたようにつぶやく。やさしげな笑みが戻ったことで、勇次も内心ほっとした。

「あのさ、同い年だから敬語はやめないか」

気軽な口調のほうが、さらに距離が近くなるのではないか。そんな気がして、さりげなさを装って提案した。

「それはダメです。勇次さんはコーチですから」

千夏はきっぱりと言いきる。

このあたりの考え方は完全に体育会系だ。距離を縮めるチャンスだと思ったが、いくら言っても無駄だろう。残念だがあきらめるしかなかった。

「稽古だけど、よかったと思うよ」

さらりと感想を告げる。

だが、具体的な内容には触れない。そもそも剣道を挫折した勇次に、稽古の内容を判断できるはずがなかった。

「わたしたち本気で強くなりたいと思ってるんです。どこがよかったですか？」

千夏がさらに感想を求める。

きっと雅樹が的確な指導をしていたのだろう。その印象が強いのか、勇次からもアドバイスがもらえると思っているらしい。

（参ったな、なにか言わないと……）

そのとき視界の隅に沙月の姿が映った。

切れ長の瞳でこちらをじっと見ている。どこか冷たい感じがするのは気のせいだろうか。千夏とは異なり、まったく期待していない感じがした。

「き、基本に忠実なのが、すごくよかったよ」

苦しまぎれに当たり障《さわ》りのない言葉を絞り出す。

もっと細かい指導を求めているに違いない。だが、勇次の剣道のレベルでは、それくらいしか思いつかなかった。

「やっぱり基本は大切ですよね」

千夏の表情がぱっと明るくなる。

そして、納得したように何度もうなずいた。意外なことに、勇次の言葉が心に刺さったらしい。

「主将も基本が大切だって、いつも言ってるんです」

千夏が振り返り、沙月に視線を送る。ところが、沙月は返事をすることなく背を向けた。

「あっ、ちょっと待って。では、失礼します」

一礼すると、千夏はその場を立ち去った。

(嫌われたのかな……)

沙月の態度が気になる。

隣で素振りをしたのがまずかったのかもしれない。剣道歴が浅いことを見抜かれたのではないか。沙月のほうからいっさい話しかけてこないのだ。コーチをまかされたのに、まったく信頼されていなかった。

3

午後六時半から一階の食堂で夕飯を摂る。

あとは自由時間となっており、各自リラックスして過ごす。風呂は夕飯の前にも入れるが、時間がないのでどうしてもバタバタする。ゆっくりしたい人は食事のあとに入ることも可能だ。だが、ほとんどの人が汗を流して、さっぱりしてから食事を摂るようだ。

食事の支度は父親と母親が行う。勇次は配膳と後片づけを手伝う。皿洗いは大変だが、慣れればなんとかなりそうな気がした。

(さてと、これでひと休みできるな……)

皿洗いを終えると、遅い食事を摂って厨房をあとにする。

時刻は午後九時をまわっていた。

あとは大浴場の掃除をすれば一日の仕事は終了だ。とはいえ、大浴場は深夜零時まで使えることになっているので、本当に休めるのはもう少し先になる。とりあえず自室に戻って一服するつもりだ。

谷田荘には新館と旧館がある。

新館の一階に食堂と家族の住居、二階には客室がある。大浴場があるのは隣にある旧館だ。

兄が継いだ五年前に新館を建てた。繁忙期は旧館の客室を使うこともあるが、夏以外の時期は新館だけで間に合っている。新館とは渡り廊下でつながっているので、外に出ることなく大浴場に行けるようになっていた。

勇次は一階の自室に戻ろうとして廊下を歩いている。

そのとき、ふと窓の外でなにかが動いた気がした。民宿の裏側で道路はなく、外灯もない。雑草が生い茂っているだけで、人が入りこむ場所ではなかった。

(なんか、おかしいな……)

窓に歩み寄り、暗闇のなかを凝視する。

旧館の大浴場の明かり以外はなにも見えない。だが、なにかの気配を感じる。嫌な予感がして、勇次は裏口から外に出た。

雑草を踏みながら進んでいく。すると旧館のほうから微かな物音がした。ちょうど大浴場の窓があるあたりだ。

(もしかしたら……)

のぞきではないか。

不届き者がいるとしたら放っておくわけにはいかない。そう思うと同時に恐怖がこみあげた。

　だが、大浴場を使っているのは剣道部の女性たちだ。勇気を出して旧館に向かって歩いていく。すると、大浴場の窓の下に人影を発見した。窓の明かりが届かない場所で、近づかないと見えなかったのだ。

「なにやってるんだ！」

　とっさに大声で叫んだ。

　すると、男が振り返って目が合った。二十歳前後と思われる男だ。直後に慌てて逃げていく。捕まえなければと思ったが、足がすくんで動けない。とてもではないが追いかけることはできなかった。

（やっぱり、のぞきだったんだ……）

　心臓がバクバクと音を立てている。

　まさかのぞきに遭遇するとは思いもしなかった。これまでも被害があったのだろうか。少なくとも勇次は聞いた覚えがなかった。

　大浴場の窓は閉まっている。曇りガラスになっているので、窓を開けなければ直接見ることはできない。本格的にのぞく前だったのだろう。被害は最小限に抑えることができたと思う。

（とりあえず、よかった……）

ほっと胸を撫《な》でおろす。ところが、いきなり大浴場の窓が勢いよく開いてドキッとする。

「誰ですかっ」

大きな声が響きわたる。

聞き覚えのある女性の声だ。だが、逆光になっているため、顔がよく見えない。焦るあまり、誰の声なのかもわからない。このままだと自分がのぞきをしていたと誤解されるのではないか。

「ち、違いますっ、俺はのぞいてません」

暗いなかで必死に無実を証明しようとする。しかし、かえって怪しまれる気がして、なおさら焦ってしまう。

「その声……もしかして勇次さんですか？」

「う、うん、そうだけど……」

勇次は恐るおそる答える。その直後、声の主を思い出した。

「千夏ちゃん、だよね？」

「はい、そうです。大きな声が聞こえましたけど、誰かいたんですか？」

逆光にならない位置へと移動して窓のほうを見てみると、千夏がこっくりとうなずいていた。

中腰になっているのか、窓から顔だけのぞかせて身体を隠していた。怪訝《けげん》そうな表情であたりを見まわしている。

「怪しい男がいたから声をかけたんだ。そうしたら全速力で逃げていったよ。のぞくつもりだったんじゃないかな」

「やだ、怖い……」

ぽつりとつぶやいた直後、千夏の顔に不安の色がひろがった。

勇次の言葉を信じてくれたらしい。のぞき魔と間違われなかったことで安堵《あんど》するが、千夏を怯えさせてしまった。

「怖いからそばにいてください」

「いや、でも……」

女湯の窓の外にいるのはまずい気がする。やんわり断ろうとするが、縋《すが》るような瞳を向けられて躊躇《ちゅうちょ》した。

「もうみんな入っちゃったみたいで、わたしひとりなんです」

千夏は今にも泣き出しそうな顔になっている。剣道は二段だが、ふだんはか弱いひとりの女性だ。

「わ、わかった……じゃあ、俺はここで見張ってるよ」

この状況で断るわけにいかない。

のぞき魔が戻ってこないとも限らないのだ。千夏が怖がるのは当然だ。こうなったら外で見張っているしかなかった。

「すみません、お願いします」

窓が閉まってしばらくすると、シャワーを使う音が聞こえてきた。

千夏が裸で風呂に入っていると思うと落ち着かない。いけないとわかっているが、つい窓をチラチラ見てしまう。曇りガラスなので裸体を直視できるわけではない。肌色がぼんやりとわかるだけだった。

(見ちゃダメだ。これじゃあ、のぞき魔と同じじゃないか……)

自分を制するのに苦労する。

そんなことをしているうちに、気づくと体がすっかり冷えていた。慌てて外に出たので、上着を羽織っていないのだ。この時期、チノパンにトレーナーだけではさすがに寒かった。

(ううっ、冷えるな……)

震えていると、やがてシャワーの音がぱたりとやんだ。

もう戻ってもいいのだろうか。それとも声をかけられるまで、待っているべきだろうか。

迷っているうちに、窓がゆっくり開いた。

「外でずっと待たせて、ごめんなさい」

千夏が申しわけなさそうに告げる。黒髪がしっとり濡れており、甘いシャンプーの香りが漂ってきた。

「大丈夫だよ。それじゃあ、俺はこれで――」

「待ってください」

ジロジロ見てはいけないと思って早々に立ち去ろうとする。ところが、背後から呼びとめられた。

「話したいことがあるので、脱衣所に来ていただけませんか」

千夏が遠慮がちにつぶやく。

曇りガラスごしとはいえ、入浴中にのぞかれたのだ、女性にとっては大問題だ。そのことについて話があるのだろう。もしかしたら、宿の管理責任を問われるのかもしれない。適当にやり過ごすことはできそうになかった。

「わかった。すぐ行くから待ってて」

勇次は意を決して返事をする。そして、いったん新館に戻り、渡り廊下を使って旧館に向かった。

4

勇次は大浴場の入口の前に立っている。

男湯には藍《あい》色の暖簾《のれん》、女湯には紅色の暖簾がそれぞれかかっていた。掃除をするときは気にならないが、なかに千夏がいると思うと躊躇する。

(でも、千夏ちゃんに呼ばれたんだから……)

自分に言い聞かせて紅色の暖簾をくぐった。

入ってすぐ脱衣所だ。壁ぎわの棚に籐《とう》の籠《かご》が置いてある。中央にベンチがあり、そこに千夏が座っていた。

白いTシャツに黄色のショートパンツという服装だ。

思いのほか露出しているのは、風呂あがりで体が温まっているためだろう。白くて柔らかそうな太腿《ふともも》にドキリとする。Tシャツの胸もとも大きく盛りあがっており、視線が引きつけられた。

「わざわざすみません」

千夏が立ちあがって頭をさげる。

そんな仕草から律儀な性格なのが伝わった。今ひとつ表情が冴《さ》えないのは、きっとのぞかれたことが影響しているのだろう。

「まさかのぞかれるとは……申しわけございませんでした」

勇次はあらたまって謝罪する。

ところが、千夏は慌てた様子で首を左右に振った。

「そんな謝らないでください。見張ってくれて感謝しているんです。ありがとうございました」

まったく怒っていないらしい。

宿の管理責任を問うわけではないようだ。それがわかって、勇次は内心ほっと胸を撫でおろした。

「寒かったんじゃないですか？」

「別にたいしたことじゃないよ」

強がってさらりと答える。

本当は寒くて大変だったが、口にする必要はない。それより彼女のほうが、よほど大変な目にあったのだ。

「ご迷惑だと思ったんですけど、どうしても怖くて……」

千夏の瞳が潤んでいる。

思っていた以上に怯えていたらしい。顔をうつむかせると、肩を小刻みに震わせはじめた。

(泣いてるのか？)

勇次は困惑しながら歩み寄る。

千夏が座っているベンチは、背もたれのないタイプで座面は茶色の合皮製だ。三人がけなので、少し距離を置いて腰をおろした。

「念のため警察に連絡するよ」

安心させるつもりで語りかける。ところが、千夏は首を小さく左右に振った。

「それは、ちょっと……」

大事にしたくないらしい。

被害に遭《あ》った女性の心理なのだろう。警察に届けたほうがいいと思うが、千夏がいやなら無理強《じ》いはできない。

「わかったよ。千夏ちゃんがいやなら、今回は連絡しない」

「わたし、副将なのに臆病でダメなんです……」

千夏の声はどんどん小さくなっていく。

のぞかれたことより、自分自身のことで落ちこんでいるらしい。顔をあげることなく肩をすくませた。

「怖いのは当たり前だよ」

「でも、主将はしっかりしてるんです。それなのに、わたしは……この間も試合で負けたんです。すごく緊張して、はじまる前に負けていました」

千夏が悲しげな声で告げる。

力不足を感じて悩んでいるようだ。元気づけてあげたいが、なにを言えばいいのだろうか。

「さっき怪しい男を見たとき、俺も怖かったよ。本当のことを言うと、足が震えて動けなかったんだ」

心境を共有することで、少しは慰《なぐさ》められるのではないか。そう思って、格好悪いが告白した。

「勇次さん……」

千夏が顔をあげる。そして、涙の滲《にじ》んだ瞳で勇次の顔を見つめた。

「やさしいんですね」

「俺はやさしくなんて……」

「やさしくて強い人です。よく主将が言ってるんです。自分の弱さを認められる人が本当は強いんだって。わたしもそういう剣道の強者になりたいんです」

なにか勘違いされている気がする。

勇次はただ弱虫なだけだ。高校の剣道部は一年で辞めたし、初段どころか一級すら持っていない。ましてや剣道の強者でもない。間違っても千夏が言うような「やさしくて強い人」ではなかった。

「俺なんて全然だよ。たぶん、絵里花ちゃんにも勝てないよ」

自虐的になってつぶやく。

絵里花は一級を取っている。しかも現役で稽古しているのだから、きっと勇次よりも強いだろう。

「そういうことを言えるのが、強い証拠です」

「いや、俺は本当に――」

なおも勇次が否定しようとしたときだった。千夏は腰を浮かせると、すぐ隣に移動した。

肩と肩が触れて、彼女の体温が伝わってくる。はっとして見やれば、千夏が至近距離から見つめていた。顔がゆっくり近づいてきたかと思うと、唇がそっと押し当てられる。

「ンっ……」

千夏が微かな声を漏らす。

唇の表面が触れ合うだけのソフトなキスだ。

なぜかわからないが、彼女のほうから口づけしたのだ。蕩《とろ》けそうなほど柔らかい感触に陶然《とうぜん》となり、とっさに反応できない。勇次は両目を見開いて、凍りついたように固まった。

「勇次さんの強さ、少しでいいので分けてくれませんか？」

唇を離すと、千春が小声でささやいた。

いったい、どういう意味だろうか。縋るような目で見つめられて、胸の鼓動が速くなった。

千夏は完全に勘違いしている。

今のうちに訂正しておくべきだと思う。だが、突然のキスに驚いて、頭がまわらなくなっている。

「わたしのことを慰めると思って……お願いです」

懇願されると、期待がどんどんふくれあがってしまう。

（これって、きっと……）

これから先の展開を予想せずにはいられない。

のぞかれたショックを癒《いや》したいのか、それとも恐怖を忘れたいのか。いずれにしても勇次を求めているのは間違いない。はたして宿の客である彼女の誘いを受け入れてよいのだろうか、勇次は葛藤した。

（千夏ちゃんを元気づけるためなんだ……）

心のなかで何度もつぶやく。

決して欲望に流されるわけではない。すべては千夏のためにやることだ。そうやって自分を正当化すると、あらためて千夏の顔を見つめた。

「俺の部屋に行こうか」

「今すぐ抱いてください」

千夏は切羽つまった表情になっている。

口にした以上、あとに引けなくなっているのではないか。いや、もしかしたら勇次の気が変わるのではないかと恐れているのかもしれない。

「ここではまずいよ」

躊躇してつぶやく。

怖じ気づいたわけではない。それどころかセックスしたくて前のめりになっているが、さすがに女湯の脱衣所は危険すぎる。本館の自分の部屋に連れていくのが、いちばん安全な気がした。

「もう全員お風呂に入ったので、誰も来ないはずです」

その言葉が本当なら、しばらくふたりきりということだ。

「でも、もし誰か来たら……」

「お願いですから、今すぐ慰めてください」

千夏が懸命にくり返す。

懇願されて思い直す。本館に移動すれば、ほかの剣道部員や両親に見つかるリスクもある。それなら、ここのほうが安全かもしれない。

極度の緊張状態のなか、震える右手を彼女の肩にそっとまわす。そのまま抱き寄せれば、千夏は抗《あらが》うことなく勇次の胸板に倒れこんできた。

5

「勇次さん……」

千夏は胸もとから勇次の顔を見つめている。

潤んだ瞳が色っぽい。わずかに顎を持ちあげて、唇を差し出すようにしているのはキスを待つ仕草だ。

(い、いいんだよな?)

迷っている場合ではない。

今度は勇次のほうから唇を重ねる。そのまま舌を伸ばして、唇の狭間《はざま》に潜りこませていく。

「ンンっ……」

千夏は困ったように眉を八の字に歪める。だが、いやがることなく自ら震える舌をからませてきた。

(ああっ、千夏ちゃん……)

彼女も乗り気だと思うと、一気にテンションがアップした。

柔らかい舌の感触が心地よくて、粘膜同士をヌルヌルと擦り合わせる。すると、さらに気分が高まり、頭のなかがカッと熱くなった。

からめとった舌を吸いあげれば、彼女の甘い唾液が口内に流れこんでくる。躊躇することなく飲みくだして、さらに舌を深くからませた。すると、千夏も遠慮がちに勇次の舌を吸いはじめる。

「はンンっ……勇次さん」

鼻にかかった声が艶っぽい。千夏は名前を呼びながら、喉を鳴らして唾液を嚥下《えんげ》してくれた。

(千夏ちゃんが俺の唾《つば》を……)

さらなる興奮の波が押し寄せる。

顔を右に左に傾けて、相手の舌を何度も吸い合う。唾液を交換してじっくり味わうことで、気分がどんどん高揚していく。いつしかペニスが硬くなり、チノパンの前がパンパンに張りつめた。

（も、もう我慢できない）

一刻も早くひとつになりたい。

こんなに興奮するのは久しぶりだ。半年ほど前、恋人にフラれてからセックスをしていない。それどころか落ちこんで性欲が減退していたのだ。ところが今はいつになく昂《たかぶ》っていた。

キスをしながらTシャツの乳房のふくらみに手を重ねる。揉んでみるが、ブラジャーのカップが邪魔をしているのがもどかしい。

（直接、触りたい……）

唇を離すと、透明な唾液がツツーッと糸を引いた。

千夏はうっとりした表情で、ハアハアと息を乱している。濃厚なディープキスに酔ったのか、瞳は焦点が合っていなかった。

Tシャツをまくりあげて頭から抜き取ると、白いブラジャーが現れる。さらに背中に両手をまわしてホックをはずす。とたんにカップが上方に弾《はじ》け飛び、双《ふた》つの乳房がプルルンッとまろび出た。

「あっ……」

千夏の唇から小さな声が漏れる。

ブラジャーをはずされて、ようやく我に返ったらしい。慌てたように両腕で自分の身体を抱きしめると乳房を覆い隠した。

「ちゃんと見せて」

はやる気持ちを抑えて、彼女の手首をそっとつかむ。そして、身体からゆっくり引き剝がしにかかった。

「恥ずかしいです……」

千夏はそう言いつつ、手から力を抜いてくれる。やがて両腕が身体から離れて、隠されていた乳房が露《あらわ》になった。

お椀《わん》を双つ伏せたような、まるみのある大きな乳房だ。魅惑的な曲線を描く白くて張りのある肌の頂点に、淡い桜色の乳首が乗っている。見られる羞恥にプルプルと震えていた。

（これが、千夏ちゃんの……）

見事な乳房を目にして生唾《なま》を飲みこんだ。

すでにペニスはこれ以上ないほど勃起している。先端からは大量の我慢汁が溢れており、ボクサーブリーフの内側を濡らしていた。

手のひらを乳房にそっと重ねて、円を描くように撫でまわす。シルクのようになめらかな感触に欲望が刺激される。やさしく揉みあげてみると、指先がいとも簡単に沈みこんだ。

(おおっ、なんて柔らかいんだ)

思わず心のなかで唸った。

巨大なマシュマロを揉んでいるような錯覚に囚《とら》われる。夢中になって双つの乳房を交互に揉んで、先端で揺れる乳首を指先で転がした。

「あンっ……」

千夏の唇から小さな声が漏れる。

その直後、乳首が急激に屹立《きつりつ》して硬くなった。恥じらっているが、感度はいいらしい。双つの乳首は完全に勃起して、桜色が濃くなっていた。

(す、すごいぞ……)

女体が反応するから興奮が加速する。

もう欲望をとめられない。勇次は立ちあがると、千夏を脱衣所のベンチに横たえる。そして床にひざまずくと、乳房に顔を寄せていく。乳首にむしゃぶりつき、舌を伸ばして舐《な》めまわした。

「そ、そんな……ああっ」

女体がビクッと反応して仰《の》け反る。

千夏は困惑の表情を浮かべているが、決して拒絶することはない。されるがままになっており、乳首を舐められる悦《よろこ》びに震えていた。

（こんなに乳首をコリコリにして……感じてるんだ）

双つの乳首をじっくりしゃぶりつくす。

硬くなるほど敏感になるらしい。何度も唾液を塗りつけて吸いあげれば、内腿をモジモジ擦り合わせる。千夏も高まっているのは間違いない。

（よし、そろそろ……）

ショートパンツをおろして足から抜き取れば、千夏が身につけているのは白いパンティだけになった。

「ゆ、勇次さんも……」

自分だけ裸になるのが恥ずかしいらしい。千夏は潤んだ瞳で見あげて、震える声で訴えた。

勇次は急いで服を脱ぎ捨てる。

ボクサーブリーフをおろすと同時に、勃起したペニスが勢いよく跳ねあがった。視線を感じて羞恥がこみあげるが、それより興奮のほうが勝っている。早く根もとまで埋めこんで、思いきり腰を振りたかった。

「お、大きい……」

千夏が目を見開いてつぶやく。

そのひと言が勇次の欲望に火をつける。千夏のパンティに指をかけるなり、一気に引きおろす。最後の一枚を奪うと、恥丘にそよぐ陰毛がふわっと溢れた。楕円形に整えられた漆黒の縮れ毛だ。

手で覆い隠すことはないが、太腿をぴったり閉じている。羞恥にまみれて、千夏の顔はまっ赤に染まっていた。

「千夏ちゃん……いいよね」

今さらながら確認する。

千夏は顔を横に向けたままで、なにも言わない。拒絶しないのは了承している証拠だと解釈する。

膝に手をかけて、じわじわと割り開く。太腿がゆっくり離れて、ついに赤々とした陰唇が剥き出しになった。すでにたっぷりの愛蜜で濡れており、蛍光灯の光をヌラヌラと反射した。

「もう、こんなに……」

思わずつぶやくと、千夏は両手で顔を覆った。

「あんまり見ないでください……」

口ではそう言うが、愛蜜は次から次へと溢れている。恥裂はさらに濡れて、ベンチの座面まで濡らしていた。

（早く……早く挿《い》れたい）

千夏の脚を持ちあげると、勇次はベンチをまたいで腰をおろす。正常位の体勢で勃起したペニスの先端を膣口《ちつこう》に押し当てた。

「あっ……」

千夏の唇が半開きになり、唇から甘い声が溢れ出す。

軽く触れただけで、亀頭が陰唇の狭間に半分ほど沈みこむ。女体の準備はすっかり整っている。それなら、遠慮する必要はない。腰をグッと送りこめば、亀頭がズブズブと埋まっていく。

「あああッ！」

仰向《あおむ》けの女体が大きく反り返る。それと同時に膣口が収縮して、竿《さお》をしっかり食いしめた。

「ううッ、す、すごいっ」

思わず声が漏れる。

さらにペニスを押し進めて、根もとまでずっぷりつながった。久しぶりのセックスで、いきなり強烈な快感がこみあげた。

「ああッ……お、大きいです」

千夏が譫言《うわごと》のように口走る。

眉をせつなげに歪めて、勇次の顔を見あげていた。乳首はますます充血して、ビンビンにとがり勃《た》っている。白くて平らな下腹部が波打ち、膣道がペニスを咀嚼《そしやく》するように締めつけた。

「う、動くよ……くううッ」

ピストンせずにはいられない。欲望にまかせて腰を振れば、すぐに快感がふくれあがった。

「ああッ、勇次さんっ」

千夏が喘いでくれるから、自然と抽送《ちゆうそう》速度があがっていく。両手でくびれた腰をつかんで、ペニスをヌプヌプと出し入れした。

「ううッ……ううぅッ」

「あッ……あッ……い、いいっ」

「お、俺も……すごくいいよっ」

勇次も素直に快感を口にする。

なにしろ久しぶりのセックスだ。じっくり楽しみたいところだが、そう長くは持ちそうにない。小細工は考えずに力強く腰を振る。ピストンに合わせて波打つ乳房を見ているだけでもテンションがあがっていく。

「おおおッ……おおおッ」

自分のものとは思えない唸り声が溢れ出す。

とにかく欲望にまかせて、全力でペニスをたたきこむ。蕩けた媚肉が肉棒にからみつくのが気持ちいい。膣道が激しくうねり、男根をこれでもかと締めつける。快感が快感を呼び、射精欲が一気に高まった。

「あぁッ、は、激しいっ、あああッ」

千夏の喘ぎ声も大きくなる。

最後の瞬間が近づいているのかもしれない。千夏は下から両手を伸ばして、勇次の首にしがみついた。

「ゆ、勇次さんっ、あああッ」

「ううう ッ、千夏ちゃんっ」

引き寄せられて上半身を伏せると、女体を強く抱きしめる。

胸板と乳房が密着するのが気持ちいい。自然と抽送が加速して、ペニスを深い場所まで埋めこんだ。ピストンするたび千夏は身体をよじり、ブリッジするように背中を仰け反らせていく。

「はあああッ、も、もうダメですっ」

「ぬおおおッ、き、気持ちいいっ」

千夏のよがり声と勇次の唸り声が交錯する。

もう昇りつめることしか考えられない。ひたすらに腰を振り、快楽だけを求めつづける。蕩けた媚肉の感触がたまらない。ペニスを根もとまで突きこんだ直後、亀頭がググッとふくらんだ。

「おおおッ、で、出るっ、おおおッ、ぬおおおおおおッ！」

うねる膣襞《ひだ》のなかで太幹が脈打ち、亀頭の先端から精液が勢いよく噴きあがる。ペニスが蕩けるような快感だ。目の前がまっ赤に染まり、頭のなかが灼《や》けるような錯覚に陥った。

「あああッ、い、いいっ、はあああああああッ！」

千夏もあられもない喘ぎ声を響かせて、全身をガクガクと震わせる。両脚を勇次の腰に巻きつけると、股間をググッと迫《せ》りあげた。結合が深まり、快感がより大きくなる。膣が猛烈に収縮して、愛蜜が大量にどっと溢れた。

「くおおおおッ」

もはや獣のように呻《うめ》くことしかできない。なにも考えられなくなり、女体を強く抱きしめて愉悦《ゆえつ》に溺れた。

第二章　不倫妻にお仕置きを

1

合宿二日目の早朝——。

勇次は剣道部員たちとともに九十九里の砂浜にいた。

眩《まばゆ》い朝日に照らされるなか、なぜか勇次も部員たちとランニングしている。彼女たちはお揃いの黒いジャージに白いTシャツを着ており、勇次はグレーのスウェットの上下だ。

（どうして、俺まで……）

心のなかで何度も愚痴る。

走るのは久しぶりで、ついていくのだけでやっとだ。だが、苦しい顔をするのは格好悪い。なにしろ彼女たちはまだ余裕があるのだ。すでに息があがっているが、懸命に涼しい顔を装いつづける。

稽古につき合うのは午後だけのはずだった。ところが、今朝になって父親にたたき起こされた。

「いつまで寝てるつもりだ」

そう言われたら寝ているわけにはいかなかった。そして、父親から剣道部の早朝練習につき合うように言われた。

「雅樹の代わりに、しっかりコーチをするんだぞ」

兄もやっていたと聞いて断れなかった。

それに昨夜の女子風呂がのぞかれた一件が気になっていた。またあの男が現れないともかぎらない。さすがに明るいし、部員も全員いるので大丈夫だとは思うが、念のため男もいたほうがいいだろう。

(でも、俺まで走る必要あるのか?)

心のなかの愚痴がとまらない。

見ているだけのつもりだったが、顧問の香菜子に誘われて走ることになってしまった。どうして断らなかったのかと後悔したが、あとの祭りだ。途中でやめるわけにもいかなかった。

砂浜を走るのは、とにかくきつい。砂に足を取られるので筋力を使う。足腰の鍛錬には最適だが、鍛える必要のない勇次にとっては地獄だ。

しかも、昨日の素振りで肩の筋肉が張っている、筋肉痛とまではいかないが、久しぶりに動かした疲労が残っていた。

（いったい、いつまで走るんだよ……）

かれこれ十五分ほどは走っただろうか。

きついのは自分だけではないはずだ。そう思って、隣を走っている香菜子をチラリと見やった。

（おおっ！）

危うく大きな声が出そうになり、ギリギリのところで呑みこんだ。

香菜子の乳房のふくらみが目に入ったのだ。白いTシャツを内側から押しあげており、まるみを帯びた形がはっきりわかる。しかも走る振動に合わせてタプタプ弾《はず》んでいるのだ。

（こいつはすごい……）

かなりのサイズで、ついつい視線が吸い寄せられる。

香菜子は穏やかな性格で表情もやさしげだ。そんな彼女が急に色っぽく見えてドキリとする。走りながら横目で何度も確認してしまう。上下に弾む乳房には男の夢がつまっている。見ているだけで疲れが吹き飛ぶ気がした。

それにしてもランニングはいつ終わるのだろうか。

いい加減、疲労が蓄積して脚全体の筋肉が張っている。香菜子の乳房を眺めて疲れをごまかすしかない。そう思って隣をチラリと見やったとき、砂に足を取られてバランスが崩れた。

「うわっ！」

思わず間抜けな声が漏れてしまう。

体勢を立て直そうとするが、どうにもならない。結局、前のめりに転倒して、肩から砂浜につっこんだ。

「痛っ……」

顔をしかめながら砂の上で胡座《あぐら》をかく。

幸い怪我はなかったが、脚の筋肉がパンパンだ。もうこれ以上は走れない。なにしろ剣道をやめてから、ろくに運動をしていなかったのだ。女子とはいえ、現役の剣道部員たちについていけるはずがなかった。

(格好悪いところを見られちゃったな……)

情けなくて顔をあげることができない。

きっとみんな呆れているだろう。勇次は同年代なのに自分たちより体力が劣っている。それが明らかになってしまったのだ。

（コーチ、クビになるかもしれないな……）

心のなかでぽつりとつぶやく。

やはり兄の代わりは務まらなかった。最初から自分には荷が重いと思っていた。いっそのことクビになったほうが気分的に楽だ。父親は怒るかもしれないが、特別コーチの責任から解放されたかった。

「大丈夫ですか？」

やさしげな声が聞こえる。

顔をあげると、すぐ隣に千夏がしゃがんでいた。心配そうな顔で見つめられて、なおさら情けなくなってしまう。

「は、ははっ……転んじゃったよ」

頬の筋肉がひきつるのを感じながら乾いた笑いを漏らす。すると、千夏は安堵したように表情を緩めた。

昨夜、思いがけず脱衣所でセックスをして燃えあがった。

ふたりだけの秘密を持ったことで距離が縮まった気がする。だが、千夏は一時的に慰められたかっただけだ。おそらく、関係が発展することはないだろう。それでも視線が重なると胸の奥が熱くなった。

すぐにほかの部員たちも集まってきた。

おそらく千夏のようにやさしくはないだろう。いったいなにを言われるのかと内心身構えた。

「怪我はなかったですか。気をつけてください」

最初に話しかけてきたのは香菜子だ。

辛辣《しんらつ》な言葉を覚悟していたが、まったく違っていた。不思議に思って近くの部員たちを見ると、みんな心配そうな表情を浮かべていた。どういうことなのか、まったく理解できなかった。

「無理に誘ってしまってごめんなさい。ブランクがあるのに、つき合ってくれたのですね」

香菜子が気遣ってくれる。

その言葉でようやく理解できた。勇次が怪我をして引退したと勘違いしている節がある。転倒したのも無理をした結果だと思っているのだろう。だから、呆れている者などひとりもいなかった。

（それなら、このまま……）

安堵と落胆が入りまじる。

正直なところ複雑な気分だ。体《てい》よくコーチをやめるチャンスだったが、タイミングを逃してしまった。女子大生たちにちやほやされるのは悪くない。その一方で剣道の実力が発覚するのを恐れていた。

（でも、主将は……）

ふと思い出して沙月を見やる。

少し離れたところに立っており、冷めた目を勇次に向けていた。昨日、素振りを見ただけで、実力がバレてしまったのかもしれない。あの直後から勇次を訝しんでいるようだった。

「ちょっと、いつまで座ってるんですか」

突然、大きな声が砂浜に響きわたる。

視線を向けると、絵里花が腕組みをして立っていた。あからさまに不機嫌な顔で勇次をにらんでいた。

「走らないなら端によけてもらえませんか。練習する時間がどんどん減ってるんですけど」

態度は生意気だが、やる気はあるようだ。

間違ったことも言っていない。勇次が転倒したことで、彼女たちの練習が中断しているのは事実だ。

「ごめん、すぐどくよ」

勇次はなんとか立ちあがると、ランニングコースからはずれて再び腰をおろす。邪魔になるだけなので、走らないで見学することにした。

「最初からそうすればいいのよ」

絵里花は顎をツンとあげて言い放つ。そして、ひとりでランニングを再開した。

「ごめんなさい。悪い子じゃないんですけど……」

千夏が申しわけなさそうに謝罪する。

副将として部員の態度に責任を感じているのだろう。困りはてた顔になり、勇次に向かって何度も頭をさげた。

「いえ、俺がいけないんです。どうぞ練習に戻ってください」

そもそもの原因は自分にある。勇次も謝罪すると、千夏と部員たちには練習に戻ってもらった。

2

早朝のランニングを終えると、剣道部員たちは食堂で朝食を摂り、部屋で少し休憩を取る。そして、午前十時から十二時までは、町民スポーツセンターの剣道場でみっちり稽古だ。

午前中、勇次は宿の仕事をする。

まかされているのは主に清掃作業だ。とはいってもホテルや旅館と異なり、民宿の場合、宿泊中の客室に立ち入ることはない。普通は客がチェックアウトしたあとに清掃する。今日、勇次が掃除をするのは食堂と玄関と廊下だ。

順に掃除機をかけて、窓をピカピカに磨きあげる。自分の部屋はろくに掃除をしないのに宿の掃除は真剣だ。

以前、兄から聞いたことがある。

今はインターネットの評価が重要だという。客に悪いレビューを書きこまれたら経営は一気に傾くらしい。実際、廃業した民宿がいくつもあるという。原因はレビューだけではないかもしれないが、客が宿を選ぶ参考にしているのは間違いない。

(俺のせいでつぶれたら大変だからな……)

清掃状況は客の評価に直結するので手抜きできない。

雑巾で窓を拭いては、角度を変えて汚れがないか確認する。掃除は嫌いだが、真剣にやっているうちに没頭していた。気づけばもうすぐ昼になるところだ。時間がいくらあっても足りなかった。

(そろそろ昼食の準備をしないと)

もうすぐ剣道部員たちが戻ってくる。

掃除を切りあげると、急いで食堂に向かう。母親に指示されるまま、テーブルを布巾で拭いて食器を並べた。

やがて剣道部員たちが戻ってくる。

今日の昼食はカレーライスだ。みんな疲れた顔をしているが、食事を摂ることで元気になった。

少し休憩して、午後の稽古は二時からだ。

宿の仕事は両親にまかせて勇次も稽古に参加する。仕事と稽古で忙しいが、彼女たちと行動をともにできるのは悪くなかった。

全員で町民スポーツセンターに向かうと、更衣室で剣道着に着がえてから剣道場に集合した。

剣道場にはたいてい神棚があり、稽古の前後に必ず礼をする。

この剣道場はそれほど広くはないが、きちんと神棚が設置されていた。神棚に向かって礼をするのは当たり前になっていたが、いったん剣道から離れた身としては新鮮な感じがした。剣道が武道であることを認識する瞬間だ。

「各自、準備運動をしてください」

沙月の指示で体をほぐして、まずは素振りで汗を流す。剣道の基本でありながら重要な稽古だ。

全員が気合いを入れて竹刀を振る。

勇次は下手なのがバレないように、隅でこっそり素振りをした。相変わらず太刀筋はブレているが、だんだんコツを思い出してきた。昔は退屈だった素振りも、彼女たちと一緒にやっているので楽しかった。

素振りをひととおり終えるころには、すっかり息があがっていた。

全員すでに汗だくになっている。ひんやりしていた剣道場も、彼女たちの熱気で温度が上昇していた。

（剣道着姿の女の子って、いいよな……）

汗を拭《ぬぐ》いながら、さりげなく彼女たちを見やる。

汗ばんだ首スジや額に貼りついた前髪が妙に色っぽい。剣道着が凛としているだけに、襟もとからチラリとのぞく白い肌がやけに生々しく感じる。唇が半開きになっており、ハアハアと息が漏れているのも気になった。

（うっ、や、やばい……）

ペニスが反応しそうになり、慌てて視線をそらす。

袴の前をふくらませるわけにはいかない。剣道に対する冒瀆《ぼうとく》だし、なにより彼女たちにバレたら軽蔑されてしまう。コーチをクビになったとしても、合宿はまだつづくのだ。宿で顔を合わせるのが気まずくなってしまう。

壁に向かって正座をすると、黙禱《もくとう》して気持ちを落ち着かせる。危ないところだったが、なんとか勃起を抑えることに成功した。

「打ちこみをやりますけど、どうしますか？」

ふいに背後から声をかけられてはっとする。

振り返ると沙月が立っていた。ただでさえクールな雰囲気なのに、剣道着になるとなおさら冷たい感じがする。どこか突き放すような物言いなのは、おそらく勇次の実力がわかっているからだろう。

「無理をしなくてもいいですよ」

沙月の口調は淡々としている。

早朝練習のことがあるので、無理強いすることはないだろう。しかし、そういう態度を取られると反発したくなる。

「一応、コーチだから、元立ちをやるよ」

無理をするつもりはないが、自分にできることをやるつもりだ。

元立ちとは、打ちこみ稽古のときに相手の打突を受ける人のことを指す。自分が打ちこむのは体力が持たないが、受けるだけならなんとかなるだろう。そう思って自ら申し出た。

「わかりました」

沙月がそう言うと背中を向ける。

つい袴の尻を見つめてしまう。勇次は正座をしているため、ちょうど目線の高さに尻があるのだ。

（おっ、意外と大きいな……）

思わず心のなかでつぶやく。

尻のまるみがうっすらとわかる。袴はゆったりとした作りのため、身体のラインはほとんどわからない。しかし、沙月は尻が大きいらしく、わずかだがゆるやかな曲線が浮き出ていた。

（へえ、こいつはラッキーだ）

まじまじと見つめて生唾を飲みこむ。

突発的なことで警戒心が薄れていたらしい。冷たい視線を向けられているのに、しばらく気づかなかった。

「なに見てるんですか？」

頭上から声が降り注いではっとする。

顔をあげると、沙月がむっとした表情で見おろしていた。普段は冷静沈着だが、切れ長の瞳には怒りの色がはっきり滲んでいた。

「い、いや、なにも……みんな準備はできてるのかなと思って」

懸命に平静を装ってつぶやく。

尻を見ていたわけではなく、道場内を見まわしていたフリをする。すると、沙月は呆れたのか、それ以上なにも言わなかった。

(ますます嫌われたな……)

この失敗を取り返すことはむずかしい。

沙月が大騒ぎしない性格なのが、せめてもの救いだ。顧問に言いつけるようなタイプだったら、痴漢扱いされかねなかった。残りの合宿がつらいが、なんとか乗りきるしかなかった。

「打ちこみをやります。防具をつけてください」

沙月が部員たちに告げる。

勇次に尻を見られたことなど、まったく気にしていないようだ。きっと相手にもしていないのだろう。

部員たちが頭に手拭いを巻いて面と小手をつける。勇次も防具をつけて竹刀を手に取った。

(よし、気を取り直して……)

いよいよ打ちこみ稽古だ。

勇次は受ける側だが、相手は思いきり打ちこんでくるので気は抜けない。元立ちもただ打たれるだけではなく、ときには相手の隙を見て小手を打つなどして弱点を指摘しなければならないのだ。

勇次の最初の相手は絵里花だ。

ほかの部員たちも、それぞれ組になっている。相手と向かい合うと、竹刀の先端を合わせて蹲踞《そんきょ》の姿勢を取った。

剣道においては試合でも稽古でも必ず蹲踞を行う。相手に対して敬意を示す意味があるらしい。剣道をやっていると当たり前のことだが、随所に武道の精神が宿っている。一度離れたからこそ俯瞰《ふかん》して見ることができた。

「はじめっ！」

沙月の合図で打ちこみがはじまる。

絵里花は竹刀を振りかぶると、すぐに打ちこんできた。

「メーンッ！」

スピードはそれほどでもないが気合いは充分だ。竹刀が面をきれいに捉えて、パーンッという小気味よい音が響いた。

高校時代、勇次は先輩たちに打ちこまれてばかりだった。

男子の有段者となると、面をつけていても打突の衝撃は強烈だ。勇次は下手だったので、いつも打たれてばかりだった。自分はほとんど攻撃できないが、打たれることには慣れていた。

そんな経験があるので、女子の打突は軽く感じる。ましてや絵里花は経験が浅いため、まだまだ威力が足りない。

「メンメンメンッ」

さらに連続して面を打つ。

太刀筋は安定しないが、気持ちは乗っているようだ。面の奥に見える瞳が、鋭い光を放っていた。

（まじめに稽古してるんだな……）

打突から伝わってくるものがある。

この調子なら上達は早いだろう。勇次もこれくらい真剣に稽古をしていれば、多少は強くなれたかもしれない。しかし、その前に投げ出してしまった。そんな自分が情けないが、絵里花を見ていると応援したい気持ちが湧きあがる。

「小手っ！」

隙を見つけて小手を打つ。

打ちこむことばかりに気が向いていると、どうしても隙ができてしまう。それを教えるのも元立ちの役目だ。

「痛っ……」

絵里花が面の奥でつぶやいた。

勇次の小手が強すぎたのかもしれない。防具をつけていても、痛みがゼロになるわけではない。勇次の実力は低いが、男子と女子の違いもあるだろう。それに久しぶりというのもあって、つい力が入ってしまった。

「ごめん、大丈夫？」

竹刀をおろして声をかける。

すると、絵里花はすぐに竹刀を構えた。面の奥に気合いの入った目が見える。負けずぎらいの性格が滲み出ていた。

「こんなの全然大丈夫です」

「でも、無理はしないほうが……」

「構えてください。いきますよ」

そう言うと、あらためて打ちこんでくる。小手を打たれたのが悔しかったのか、打突の力強さが増していた。

その後も相手を変えて打ちこみ稽古を行った。

勇次はずっと元立ちだったが、長時間つづけるとさすがに疲れる。女子が相手とはいえ、フラフラになっていた。

午後五時、ようやく稽古が終了した。

全員で神棚に向かって礼をする。そして、更衣室で着がえると、薄暗いなかを歩いて宿に戻った。

3

午後六時半、食堂には剣道部員たちが集まっている。

それぞれ席についており、今から夕飯を食べるところだ。今夜のメニューはカニクリームコロッケに海老《えび》フライだ。勇次は母親に指示されるまま、厨房から料理を運んでいた。

「勇次さん……」

話しかけてきたのは千夏だ。

なにやら不安げな表情を浮かべている。ほかの部員たちも、なにやら落ち着かない様子だ。

「どうしたの？」

「先生がいないんです。見ませんでしたか？」

そう言われて、はじめて気づいた。

香菜子の姿が見当たらない。七人の部員はそろっているが、ひとつだけ席が空いていた。

「うーん、見てないな。部屋にいるのかな？」

「確認したけど、いませんでした」

千夏がますます不安げにつぶやく。

すでにみんなで手分けをして、トイレや大浴場も捜したという。だが、どこにもいないらしい。

「先生、スマホは持ってるよね」

「電話したけど出ないんです」

「そうか……ううん、ほかにいそうな場所はないし……」

宿のなかで行方不明になっているとは思えない。あとは家族の住居スペースくらいだが、そこに入りこむことはないだろう。

「稽古から戻るとき、先生もいたよね？」

ふと思いついて尋ねる。

午後の稽古のあと、みんなで歩いて町民スポーツセンターから戻った。あのとき香菜子はいたのだろうか。

「先生、居残り練習をするって……」

千夏がぽつりとつぶやく。会話を聞いていた部員たちが、それを聞いて大きくうなずいた。

「えっ、そうなの。それなら剣道場にいるんじゃない？」

勇次は知らなかったが、香菜子は居残り練習をすると言っていたらしい。

現時点で考えられるのは剣道場しかない。こうなったら、すぐに確認したほうがいいだろう。

「剣道場を見てきます」

沙月が食堂から出ていこうとする。

「ちょっと待って」

勇次はすかさず沙月を呼びとめた。

「俺が行くから、主将はみんなとご飯を食べてて」

「いえ、主将のわたしが行くのは当然のことです」

沙月は譲ろうとしない。

主将としての責任感があるのだろう。しかし、外はすでに暗くなっている。たった五分の道のりとはいえ、女性をひとりで行かせるわけにはいかない。

「夜道は危ないから俺が行くよ」

「そんなの大丈夫です」

剣道三段の自信があるのかもしれない。だが、昨夜はのぞき魔も現れたのだ。なにかあってからでは手遅れだ。

「主将には主将の責任があるかもしれないけど、ウチに泊まっている以上は、こちらにも責任がある。お客さんに少しでも危険があるなら許可できないよ」

勇次はきっぱり言いきった。

すると、沙月は唇を真一文字に結んで黙りこんだ。納得してくれたのか、それともむっとしたのかはわからない。とにかく、強引に出かける気はなくなったようだ。

「主将、ここは勇次さんにまかせましょう」

千夏が声をかけると、沙月は無言のまま席についた。

「先生が見つかったら、すぐに連絡するから待っていてほしい。それじゃあ、行ってきます」

勇次はみんなに告げる。そして、急いで宿をあとにした。

4

外に出ると潮の香りが鼻腔に流れこむ。波の打ち寄せるザザーッという音が響いていた。

（まさか、海に行ったなんてことないよな……）

ふと不安がよぎり、まっ暗な海に視線を向ける。

ひとりで泳ぐとは思えない。万が一、海に入ったとしたら、もう自分たちだけで捜すのは不可能だ。

(頼むからいてくれよ……)

心のなかで祈りながら剣道場に向かう。

このあたりは街路灯が少ないため、夜になるとかなり暗い。昼間ならまったく問題ないが、日が暮れると男の勇次でも不安だった。

町民スポーツセンターに到着すると剣道場に直行する。するると、引き戸の隙間から明かりが漏れているのが見えた。人の気配もするので香菜子かもしれない。

引き戸をゆっくり開けると、剣道場には香菜子の姿があった。

紺色の剣道着姿で一心不乱に竹刀を振っている。真横から見る位置だが、香菜子は勇次が現れたことに気づいていない。よほど集中しているようだ。素振りをするたび、黒髪が揺れて汗が飛び散った。

いったい、どれくらいの時間、素振りをしていたのだろうか。

剣道着は汗でぐっしょり濡れている。これまでにない真剣な表情で、まっすぐ前だけを見つめていた。

(なにかあったのかな……)

その姿に思わず引きこまれながらも、違和感を覚える。

どこか様子がおかしく感じたのは気のせいだろうか。香菜子はなにかに取り憑《つ》かれたように竹刀を振っていた。

「あの、先生……」

遠慮がちに声をかける。

いつまでも見ているわけにはいかない。部員たちが心配しているので、早く報告しなければならないのだ。

「勇次くん……」

香菜子が素振りをやめて顔を向ける。驚いたように目を見開き、勇次のことをじっと見つめた。

「どうしたの？」

「どうしたのじゃないですよ。みんなが心配してますよ」

剣道場に足を踏み入れながら語りかける。

香菜子は壁にかかっている時計に視線を向けると、状況を理解したらしい。はっとした感じで、申しわけなさそうに頭をさげた。

「ごめんなさい、夢中で……もうこんな時間だったのね」

「晩ご飯の時間になっても見当たらないから、みんなで捜してたんです。電話もかけたけど出ないって言ってましたよ」

「電話は更衣室なの……ごめんなさい」

香菜子は再び頭をさげる。

そう言われたら納得だ。剣道の稽古をするのに、スマホを持ってくることはないだろう。電話をかけても出ないはずだ。

「とにかく宿に連絡を入れておきますね」

勇次はスマホで宿に電話をする。母親に先生は無事だったことを告げて、部員たちにもすぐ伝えてもらうよう頼んだ。

「本当にごめんなさい。みんなにも心配かけちゃった……」

香菜子があらためて謝罪する。

竹刀を振っているときは凄まじく集中していたが、今はすっかり落ちこんだ表情になっていた。

「いつもこんなに集中するんですか？」

「そういうわけでは……ちょっといろいろあって……」

香菜子はそう言って正座をすると、手拭いで汗を拭った。

今ひとつ歯切れが悪い。やはりなにかあったのではないか。時間を忘れるほど竹刀を振っていたのだ。先ほどの様子は普通ではなかった。

「俺でよかったら話を聞きますよ」

勇次も正座をして語りかける。

年上の女性になにかアドバイスできるとは思えない。しかし、誰かに話すだけでも楽になることだってあるだろう。

「ありがとう。勇次くんはやさしいのね」

香菜子は微笑を浮かべるが、どこか淋しげだ。床の一点を見つめたまま、顔をあげようとしなかった。

「でも、早く戻らないと……」

「急がなくても大丈夫ですよ。先生の無事は伝えてあるし、食事も先生の分は取っておいてありますから」

かかわってしまった以上、放ってはおけない。香菜子を見ていると、なにかを抱えこんでいる気がしてならなかった。

「あんまり、やさしくしないで……」

声がどんどん小さくなり、ついには黙りこんでしまう。

それきり香菜子は口を開こうとしない。下を向いたまま、下唇をキュッと噛《か》みしめていた。

勇次は急《せ》かすことなく待ちつづける。

人に話しづらい内容なのかもしれない。それでも宿に戻ろうとしないのは、誰かに聞いてもらいたい気持ちがあるからではないか。心のなかを整理しているのか、じっとなにかを考えこんでいた。

「夫のことなんですけど……」

ようやく香菜子が語りはじめる。

どうやら夫婦の問題らしい。詳しい内容を聞く前から、自分にはアドバイスできないと悟る。とにかく聞き役に徹するしかないだろう。

「じつは……その、夫が会社の部下と不倫しているの。忘れたくて竹刀を振っていたけど、どうしても忘れられなくて……」

そう言って再び下唇を嚙みしめる。

涙が溢れそうになるのをこらえているらしい。見ているだけで痛々しいが、かける言葉が見つからない。勇次はどうすればいいのかわからず、ただうなずくことしかできなかった。

夫は商社に勤務しており、出張が多いという。出張先で部下と関係を持ち、すでに半年も不倫がつづいているらしい。

「なにかの間違いってことは……」

「夫の会社に知り合いがいるの。その人に聞いたから間違いないわ」

香菜子は悲しげにつぶやいた。

確かな情報で、社内でも知っている者が何人かいるらしい。夫は何事もなかったように振る舞っているが、じつは不倫相手に夢中だという。

「離婚も考えたけど……どうしても踏みきれなくて……」

香菜子の声はどんどん小さくなっていく。

もともと好きで結婚した相手だ。簡単には別れられないのだろう。だからといって不倫は許せない。しかも、夫は妻にバレているとは知らず、今でも不倫をつづけているのだ。

「それはつらいですね」

同情することしかできない。

なにも思い浮かばず、当たり障りのない言葉をかける。すると、香菜子は両手で顔を覆った。

「わたし、どうすればいいのか……うっ、ううっ」

ついには嗚咽《おえつ》を漏らしはじめる。

泣かれると、ますます困ってしまう。とにかく慰めなければと思い、正座をしたままにじり寄った。

「大丈夫ですか？」

声をかけた直後にバカなことを聞いたと思う。大丈夫なはずがない。夫の不倫で悲しみの涙を流しているのだ。

(なにか俺にできることは……)

必死に考えていると、香菜子が身体をすっと寄せてきた。

正座を崩して横座りになり、勇次の肩にもたれかかる。そのまま顔を埋めて泣きはじめた。

「せ、先生……」

困惑しながらも背中に手をまわす。

触れていいものか迷うが、彼女のほうから寄りかかってきたのだ。慰めるつもりで背中をそっと撫でた。

黒髪から甘酸っぱい汗の匂いが漂っている。美しい女性の汗だと思うと、まったく不快な感じがしない。むしろいい香りに感じられて、気づかれないように肺いっぱいに吸いこんだ。

(俺はなにをやってるんだ……)

香菜子は悲しんでいるのに不謹慎だ。

そう思うが、高鳴る気持ちを抑えられない。なにしろ香菜子は人妻だ。本来、触れてはいけないはずの女性だ。こうして汗の匂いを嗅ぎ、背中を擦《さす》ることなど許されない。こんなことができるのは、剣道のコーチを引き受けたおかげだ。信頼感から香菜子は心を許しているに違いなかった。

「ご、ごめんなさい。もう少しだけ、このままで……」

香菜子がかすれた声でつぶやく。

もちろん、断るはずがない。こんな機会はめったいにないのだ。香菜子には申しわけないが、この状況をもう少し楽しみたかった。

（ああっ、先生……香菜子さん）

心のなかで名前を呼んでみる。それだけで気持ちが盛りあがり、背中を擦る手に力がこもった。

甘酸っぱい汗の匂いもたまらない。牡《おす》の欲望が刺激されて、下腹部がじんわりと熱くなる。ペニスがムズムズしたと思ったら、急激にふくらみはじめた。こうなったらどうにもならず、スウェットパンツの前がテントを張った。

（や、やばい……）

こんなときに勃起するとは最低だ。

絶対にバレるわけにはいかない。しかし、香菜子が密着している状況では、隠すことはできなかった。

「勇次くん……」

そのとき、香菜子が顔をあげた。

勇次が体をむずむず動かしていたので気になったのかもしれない。至近距離から目を見つめて、淋しげに笑った。

「わたしって魅力ないですよね」

「そ、そんなことは……」

勃起がバレないか気が気ではない。思わず視線をそらすと、香菜子は小さなため息を漏らした。

「やっぱり、そうなんですね」

完全に勘違いしている。視線をそらしたことで、勇次が嘘をついていると判断したらしい。ますます悲しげな顔になってしまった。

「い、いや、違います。先生はすごく魅力的です」

「いいんです。気を使わないでください。わたしに魅力がないから、夫は不倫をしてるんです」

香菜子は自分を責めはじめる。

決してそんなことはないが、勇次の言動が誤解を招いてしまった。今の香菜子はネガティブになっている。このままでは、ますます気持ちがおかしなほうに向かってしまう。

（なんとかしないと……）

責任を感じて懸命に考える。

香菜子は自分に魅力がないと思いこんでいる。そのせいで夫が不倫に走ったと考えているのだ。

（それなら……）

本当は魅力があると実感させるしかない。

思いつく手段はひとつだけだ。だが、リスクもある。もし失敗すれば、間違いなく嫌われる。

（でも、俺の責任だから……）

勇次は意を決すると、香菜子の背中をポンポンと軽くたたいた。

「ここを見てください」

そう言って自分の股間を指さす。

スウェットパンツの前が大きくふくらんでいる。ペニスが勃起してテントを張っているのは、誰の目から見ても明らかだ。

「それって……」

香菜子が小声でつぶやく。視線は勇次の股間に向いており、全身が凍りついたように固まっていた。

「先生がすごく魅力的だから、こんなになってるんです」

言葉を選んで慎重に語りかける。

香菜子がどういう反応をするのかわからない。危険をともなうのは承知の上だ。だが、自分の魅力に気づかせる方法は、これくらいしか思いつかなかった。

「わたしが……魅力的だから？」

不思議そうに首をかしげる。

やはり香菜子は自分のことをまったくわかっていない。勇次の股間をじっと見つめて、なにやら考えこんでいる。

「先生は素敵な女性です。これが、その証拠です」

股間を突き出すと、香菜子は驚いたように肩をすくませた。

「わたしで、こんなに……」

「そうですよ。先生が俺をこんなに硬くしたんです」

ここぞとばかりに言葉をたたみかける。すると、香菜子が手を伸ばして、恐るおそるスウェットパンツの股間に触れた。

「うっ……」

甘い痺れが走り、体がビクッと小さく跳ねる。

手のひらが重なっただけだが、亀頭の先端から我慢汁が溢れるのがわかった。まさか香菜子がこんなことをするとは思いもしない。しかも、遠慮がちな手つきがフェザータッチとなり、かえって強い快感を生み出していた。

「痛かったですか？」

香菜子が心配そうに尋ねる。

自分の魅力をまるでわかっていない。香菜子のような美しい人妻に触られたら、気持ちがいいに決まっていた。

「まったく痛くないです。それどころか気持ちいいです」

ストレートな言葉ではっきり告げる。

なんとか香菜子に自覚させたい。そして、夫が不倫した原因は、香菜子にはないと伝えたかった。

「すごく硬い……」

香菜子は股間に重ねた手のひらをじわじわ動かす。そうやって硬さを確認すると、勇次の顔を見あげた。

「不倫……しようかな」

「はい？」

「勇次くん、わたしの不倫相手になってくれませんか？」

一瞬、自分の耳を疑った。

だが、香菜子の瞳はしっとり濡れている。この状況で冗談を言うとも思えない。勇次の顔を見あげる表情には覚悟が感じられた。

「わたしも不倫をすれば、夫の気持ちがわかると思うんです。それに、あの人だけなんて悔しいし……」

香菜子はそう言うと顔をしかめる。

夫の気持ちを知りたいらしい。その一方で許すことができずに苦しんでいる。勇次と不倫をすることは、夫への意趣返しの意味もあるのだろう。

「俺でよければ……」

興奮を懸命に抑えて返事をする。

勇次にしてみれば、願ってもない申し出だ。美しい人妻とセックスができる機会などそうそうない。今すぐにでも押し倒したい衝動がこみあげた。

「ご迷惑でなければ、お願いできますか」

「も、もちろんです」

「途中でいやになったら言ってください。すぐに中断しますから」

わざわざそんなことを告げるのは、香菜子に迷いがあるからではないか。不倫をすることに抵抗があるに違いない。

(それなら、先生の気が変わらないうちに……)

勇次は香菜子の肩を抱き寄せると、いきなり唇を重ねた。

5

「ウンンっ」

香菜子が目を強く閉じて、微かな声を漏らす。

夫以外の男とキスをしたことで、少なからずショックを受けているようだ。自分から不倫をすると言い出したが、いざとなると心が揺らいでいるのかもしれない。だからこそ、勇次は考える暇を与えないように舌をヌルリッと挿《さ》し入れた。

「ま、待って……はンンっ」

香菜子が困ったような声を漏らす。

だが、勇次は構うことなく口内を舐めまわして、甘い唾液を味わう。さらには舌をからめとり、蕩けそうな粘膜の感触を楽しんだ。

(人妻とキスしてるんだ……)

そう思うことで興奮に拍車がかかる。

香菜子が剣道着で、ここが剣道場というのも興奮を煽《あお》る材料になっていた。神聖な場所で不貞を働こうとしている。剣道を経験している者にとって、これほど背徳的な状況はなかった。

「せ、先生……うむっ」

舌をからめるほどに気持ちが高揚する。

香菜子は身体を硬くしていたが、キスをつづけるうちに力が抜けてきた。やがて遠慮がちに勇次の舌を吸い返す。人妻だけあって一度火がつくと大胆だ。眉をせつなげに歪めながら、勇次の唾液を飲みくだした。

(先生とキスできるなんて……)

これが現実とは信じられない。

だが、柔らかい舌の感触は本物だ。吸えば吸うほど興奮して、口内を執拗《しつよう》に舐めまわす。香菜子もお返しとばかりに、勇次の口内に舌を這いまわらせる。舌をからませるほどに、解放されたように大胆になっていった。

「はあっ……わたし、夫以外の人と……」

唇を離すと、香菜子がぽつりとつぶやいた。

自分の言葉に興奮したのか、袴に包まれた腰をよじらせる。その仕草が誘っているようで、勇次の欲望はさらに高まった。

まずは剣道着の上から乳房に触れてみる。厚い生地ごしでは柔肌の感触がわからない。すぐに襟もとから手を滑りこませた。

「あっ……」

香菜子の唇からとまどいの声が漏れる。

剣道着のなかには下着しかつけていない。だから、いきなり汗ばんだ肌とブラジャーのカップが指先に触れた。

「先生、すごく汗をかいてますね」

肌がしっとり湿っている。ブラジャーも汗を吸っているのがわかった。

「ご、ごめんなさい。いやだったら――」

「いやじゃないです。それどころか、すごく興奮してます。先生みたいにきれいな人の汗なら大歓迎です」

香菜子がいかに魅力的な女性なのか、あえて言葉にして伝える。そうすることで彼女が自信を取り戻して、より大胆になることを期待した。

剣道着の前をひらくと、白いブラジャーが露になる。

稽古のときはスポーツブラをするものと思ったが、香菜子は縁にレースがあしらわれた色っぽいブラジャーを着用していた。

「は、恥ずかしい……やっぱりここでは……」

今さらながら香菜子が恥じらう。そして、申しわけなさそうな顔で神棚をチラリと見やった。

やはり剣道場での不貞行為が気になるようだ。

しかし、勇次はむしろ剣道場ということで、背徳的な興奮を覚えている。多少なりとも剣道を囓《かじ》ったので、決して許されない行為なのはわかっている。だからこそ、どうしようもないほど昂るのだ。

「俺、もうとめられません」

声をかけながら剣道着の前をぐっと開く。

白い両肩が露になり、さらに腕を袖《そで》から引き抜いたことで、上半身に纏《まと》っているのはブラジャーだけになる。下半身は袴をきっちり穿いたままなのが、かえって淫らな雰囲気だ。

「ゆ、許して……」

「誘ったのは先生のほうですよ」

「でも……」

香菜子が縋るような瞳を向ける。

口では許してと言いながら、抵抗するわけではない。横座りした状態で、勇次の腕に抱かれているのだ。瞳はしっとり濡れており、半開きになった唇からは乱れた息が漏れていた。

（もしかして……）

本当は興奮しているのではないか。

予想どおりなら遠慮することはない。両手を香菜子の背中にまわすとブラジャーのホックをはずす。とたんにカップを押しのけて、双つの乳房がプルルンッと勢いよくまろび出る。

「あぁっ……」

香菜子の唇から恥じらいの声が漏れる。

慌てて両腕で抱くようにして隠すが、やはり抗ったりはしない。目の下を赤く染めて、勇次の顔を見あげていた。

「隠さないで見せてください」

手首をつかんで引き剝がすと、大きな乳房が露になる。

下膨れのいわゆる釣鐘《つりがね》形だ。白くてたっぷりした柔肉が、重たげにゆっさり揺れている。曲線の頂点にある乳首は濃い紅色で、乳輪がやや大きめなのが卑猥だ。しかも触れたわけでもないのに、すでに乳首はぷっくり隆起していた。

（乳首がこんなに……）

瞬《まばた》きするのも忘れて凝視する。

乳房の大きさもさることながら、勃起した乳首が気になって仕方がない。乳輪までドーム状に盛りあがり、思いきり充血している。あたかも愛撫されるのを待っているようだ。

（やっぱり興奮してるんだ……）

予想が確信に変わる。

香菜子は自分から誘っておきながら、まだ心に迷いがあるのだろう。だが、すでに身体の準備は整っている。ディープキスでスイッチが入ったのか、抗うのは口先だけだった。

「お願い、ほかの場所で……」

「今さらなに言ってるんですか」

女体を床に横たえると、両手で乳房を揉みあげる。

溶けそうな感触に陶然となり、指先をめりこませてはこねまわす。さらには先端で揺れる乳首にむしゃぶりついた。

「はああッ」

香菜子の唇から喘ぎ声が溢れ出す。

どうやら乳首が敏感らしい。舌を這わせて唾液を塗りつければ、腰を右に左にくねらせる。そして両手を勇次の後頭部にまわして、乳房に押しつけるように強く引き寄せた。

「ううッ、い、息が……」

口と鼻が乳房のなかに埋まって息苦しい。

それでも乳首を舐めしゃぶり、唾液を塗りつけては吸いあげる。乳首がさらに硬くなると、今度は前歯を立てて甘嚙みをくり返す。すると女体がビクビクと撥《は》ねるように反応して、背中がググッと仰け反った。

「そ、そんなにされたら……あああッ」

香菜子の喘ぎ声が甲高《かんだか》くなる。

感じているのは間違いない。袴を穿いた下半身をよじり、太腿をモジモジ擦り合わせる。さらなる刺激を欲しているらしい。

それならばと袴に手を伸ばす。

腰紐をほどいてさげれば、ブラジャーとお揃いの白いパンティが現れた。レースがあしらわれたセクシーなデザインだ。袴を脚から抜き取ったことで、香菜子はパンティ一枚だけになった。

「すごくきれいですよ」

むっちりした太腿に視線を奪われる。

剣道で鍛えられたのだろう。細すぎず太すぎず適度に脂《あぶら》が乗っている。しかもシミがひとつもなくて雪のように白い。健康的かつ色気のある太腿だ。さっそく太腿を撫でると、香菜子は下半身をブルルッと震わせた。

「あンンっ、剣道場なのに……」

きっと背徳感がこみあげているのだろう。香菜子は眉をせつなげに歪めて、首をゆるゆると左右に振った。

「でも、剣道場だから興奮するんですよね」

声をかけながら両手で太腿をねっとり撫であげる。パンティに到達すると、指先を縁に引っかけた。

「い、言わないで……」

香菜子は顔を赤くしている。

パンティを脱がされるとわかっているのにされるがままだ。本当は期待しているのではないか。その証拠に勇次がパンティを引きさげにかかると、尻を床から少し浮かせて協力した。

「ね、ねえ、別の場所で……」

「俺はここでしたいんです。先生もそうなんでしょう?」

パンティをじわじわさげると、恥丘が少しずつ見えてくる。

その直後、漆黒の陰毛がふわっと溢れた。形を整えたりはせず、自然な感じにまかせているらしい。香菜子の落ち着いた雰囲気からは想像がつかないほど、濃厚に生い茂っていた。

（こんなに濃いのか……）

パンティを脱がすと香菜子は一糸まとわぬ姿になった。

耳までまっ赤に染めて、羞恥に耐えるように全身を硬直させている。勇次が指先で陰毛に触れると、それだけで身体をビクッと震わせた。

「まだなにもしてませんよ」

「だ、だって……恥ずかしい」

香菜子の訴えを無視して、陰毛の上から恥丘に触れる。そして、縦溝をなぞるように指先を動かした。

「はンンっ、ダ、ダメよ……」

「ダメとか言いながら、ずいぶん気持ちよさそうですね」

香菜子の反応を見ていると興奮がどんどん高まり、もっと辱《はずかし》めたくなる。言葉でも羞恥を煽りながら恥丘をねちねち撫でまわす。すると、腰が艶《なま》めかしくうねりはじめる。ぴったり閉じていた太腿が少しずつ離れて、誘うように股間をクイクイと突きあげた。

「そんなに腰を振って、我慢できないんですか？」

「ち、違うの……あンっ、こ、腰が勝手に……」

恥丘を触られただけで昂り、はしたなく腰を振る。あの淑《しと》やかな香菜子がこんな反応をするとは驚きだ。

（もう我慢できない……）

勇次も急いで服を脱ぎ捨てる。

すでにペニスはこれでもかと勃起して、亀頭は透明な汁にまみれていた。一刻も早く挿入したくてたまらない。勢いのまま女体に覆いかぶさろうとする。そのとき香菜子が大きく身をよじった。

「ま、待って、お願い」

「ここまで来て、やめるなんて無理です」

「ち、違うの……わたし、今から不倫をします」

香菜子は自分に言い聞かせるようにつぶやく。そして、勇次の顔をまっすぐ見つめると、意を決したように切り出した。

「こんなわたしを戒《いまし》めてほしいの……」

目に涙が溜まっている。

香菜子は夫の不倫で胸を痛めてきた。だが、いざ自分が不倫をするとなると、罪悪感がこみあげてきたらしい。先ほどまで素振りをしていた竹刀を手に取り、勇次に差し出した。

「これを使ってください」

「本気ですか？」

勇次が尋ねると、香菜子は無言でうなずく。そして、自ら四つん這いになり、勇次に向かって尻を高くかかげた。

（まさか、こんなことが……）

信じられない光景が目の前にひろがっている。

白桃を思わせる豊かな双臀《そうでん》が、すぐそこで揺れているのだ。シミひとつないツルリとした尻たぶが、蛍光灯の下で艶々と光っている。神聖な剣道場で、三十路《みそじ》の人妻が生まれたままの姿で這いつくばっていた。

「本当にいいんですね？」

「はい……」

香菜子の決意は固いらしい。

だが、勇次のほうが躊躇してしまう。防具をつけていない女性を竹刀で打つなどもってのほかだ。しかし、香菜子はそれを求めている。

（先生が望んでることなんだ……）

心のなかでつぶやき竹刀を振りおろした。

パンッ――。

尻たぶを打つと、思いのほか大きな音が響きわたる。同時に香菜子の背中が反り返り、顎が勢いよく跳ねあがった。

「あひッ！」

裏返った声が溢れる。

力の加減はしたが、剝き出しの尻を打たれるのは痛いはずだ。それでも、香菜子はさらなる打擲《ちょうちゃく》をねだるように尻を高く持ちあげた。

「お、お願いします……」

「いきますよっ」

再び竹刀をまっ白な尻に振りおろす。

ピシッ――。

今度は先ほどよりも鋭い音がする。竹刀が当たった瞬間、尻肉がブルルッと激しく揺れた。

「ひいいッ」

香菜子の唇から悲鳴がほとばしる。

しかし、ただ痛がっているだけではない。四つん這いになった状態で、内腿を擦り合わせている。尻を左右に振る仕草も妙に色っぽかった。

（まさか……）

あり得ないと思いつつ、尻の谷間をのぞきこむ。

すると、紅色の陰唇が濡れ光っていた。大量の愛蜜が溢れており、女陰をぐっしょり濡らしているのだ。

(どうなってるんだ?)

混乱しながら凝視する。

驚いたことに、香菜子は尻を打たれたことで感じているようだった。しかも、内腿まで濡らすほど大量の華蜜を垂れ流してる。ふだんは穏やかだが、マゾの本性を隠し持っているのではないか。

(そういうことなら……)

竹刀で打たれても問題ないはずだ。豊満な左右の尻たぶを交互に何度もたたく。

「あひッ……ひいッ……もっとお仕置きをしてください」

竹刀を振りおろすたび、ピシッ、パシッという肉打ちの音が響きわたった。

「ひ、ひぃーん……ああッ、も、もっと、あああッ!」

香菜子は涙を流しながらも悦んでいるように見えた。

すでに尻はまっ赤だ。痛々しく見えるが、本人は確かに感じている。陰唇は愛蜜でドロドロになり、淫らな牝《めす》の香りが剣道場にひろがっていた。

「もう我慢できないっ」

勇次は竹刀を置くと、香菜子の尻を抱えこむ。そして、勃起したペニスの切っ先を膣口にあてがった。

「き、来て……はあああッ！」

興奮にまかせて一気に貫く。とたんに香菜子が仰け反り、あられもないよがり声を振りまいた。

「おおおッ、こ、これが先生の……」

ペニスを根もとまで埋めこむと、膣がうねって快感が押し寄せる。

剣道部の顧問とバックでつながったのだ。まさか、こんなことになるとは思いもしなかった。興奮が高まり、女壺《にょつぼ》のなかで我慢汁がどっと溢れる。ドロドロになった膣の感触がたまらない。

「う、動きますよ」

返事を待たずに腰を振りはじめる。

ほんの少し動かしただけでも快感が湧きあがる。濡れた膣粘膜とカリが擦れるのが気持ちいい。自然とピストンが速くなり、両手でくびれた腰をつかんでガンガンと突きこんだ。

「あああッ、い、いきなりっ……あああああッ」

香菜子の唇から喘ぎ声がほとばしる。

頭が跳ねあがり、背中が弓なりの曲線を描く。汗ばんだ背骨の窪みが色っぽい。股間を打ちつけるたび、尻たぶがパンッ、パンッと肉打ちの音を響かせる。その音に気分を煽られて、ますますピストンに熱が入る。

「あああッ、も、もっと……もっと戒めてくださいっ」

四つん這いの香菜子が振り返り、喘ぎまじりに懇願する。

不倫の罪悪感にまみれているらしい。それでいながら膣穴をぐっしょり濡らしている。夫を裏切ることで、背徳的な興奮を覚えているのは間違いない。ペニスを力強く突きこめば、膣が敏感に反応して収縮した。

「ううッ……興奮してるんですね。悪い人妻だ」

勇次はさらに激しいピストンで膣のなかをえぐりまくる。腰をガンガン打ちつけて尻たぶをパンパン鳴らした。

「ああッ……あああッ」

香菜子の喘ぎ声が高まり、膣がさらに締まる。愛蜜の量も増えて、結合部分から湿った音が響きわたった。

「おおおッ、す、すごいっ」

「は、激しいっ、あああッ」

勇次が呻くと香菜子も喘ぐ。

いつしか香菜子も身体を前後に揺すり、勇次のピストンに協力する。より深い場所まで男根を受け入れて、不貞の快楽に溺れていく。

「くおおおッ、おおおおッ」

「あああッ、い、いいっ、はあああッ」

息を合わせて腰を振り、ひたすらに性の悦びを求めつづける。

腰を振るほどに快感が突き抜けて、もう昇りつめることしか考えられない。カリが膣壁を擦り、膣道が肉棒を締めつける。華蜜と我慢汁がまざり合って、ヌルヌル滑るのがたまらない。

「も、もうっ……おおおおおッ」

「わ、わたしも、あああッ、い、いいのっ、ああッ」

香菜子は快感を告げると両手の爪を床に立てる。そして、這いつくばった姿勢のまま、全身をガクガクと震わせた。

「はあああっ、イ、イクッ、イッちゃうっ、あああッ、ああああああッ！」

あられもない声をあげて香菜子がアクメに達していく。高く掲げた尻を震わせながら、根もとまで咥《くわ》えこんだペニスを猛烈に締めつける。

「くおおおッ、で、出るっ、ぬおおおおおッ！」

凄まじい快感が突き抜けて、勇次も雄叫《おたけ》びをあげる。

膣のなかでペニスが暴れまわり、大量のザーメンが亀頭の先端から噴き出した。太幹がドクドクと脈動して、絶頂の愉悦で頭のなかがまっ白になる。背後から女体に覆いかぶさり、大きな乳房を揉みあげた。

「はああッ、い、いいっ！」

「おおおッ、おおおおッ！」

絶頂の愉悦が延々とつづいている。

精液が尿道を駆けくだるのが気持ちいい。うねる膣道の感触がたまらない。声を抑えることができず、呻きながら精液をたっぷりと放出する。最後の一滴まで注ぎこむと、ふたりは力つきて床に倒れこんだ。

勇次はごろりと転がって仰向けになる。言葉を発する余裕などない。絶頂の余韻に浸りながら目を閉じた。

ふたりのハアハアという息づかいだけが剣道場に響いている。呼吸が整うまでしばらくかかった。

勇次はようやく目を開けてあたりを見まわす。

脱ぎ捨てた剣道着と下着が散らばるなか、香菜子はうつ伏せになって身動きひとつしなかった。

竹刀で打ちすえた尻が赤く染まっている。顔はこちらに向いており、睫毛《まつげ》を静かに伏せていた。目尻に涙が滲んでいるが、どこか満足げな表情に見えたのは気のせいだろうか。

夫と離婚するつもりなのか、それとも不貞を許してやり直すつもりなのか。

いずれにせよ、香菜子は新たな一歩を踏み出す決心をしたのではないか。そんな気がしてならなかった。

第三章　生意気剣士の喘ぎ

1

合宿は三日目を迎えている。

この日も勇次は早朝練習につき合った。

とはいっても、ストレッチをいっしょにやっただけで、あとは彼女たちがランニングするのを眺めていただけだ。主将の沙月は冷たい目を向けていたが、体力的にきついので無理をするのはやめることにした。

午前中は宿の仕事だ。少しずつ慣れてきて、掃除もてきぱきこなせるようになってきた。

そして、午後二時からは剣道場で稽古だ。

素振りからはじまり、足さばきを入念に行う。基本稽古は勇次も参加して汗をたっぷり流した。さらに打ちこみ稽古では、昨日と同じく元立ちを買って出た。少しずつ勘が戻ってきた気がする。勇次もほんの少しだけ打ちこみをした。

「地稽古を行います。二人一組になってください」

沙月が部員たちに声をかける。

地稽古とは試合形式の稽古方法だ。実戦に近い状況で、相手からどうやって一本を取るかを目的として行われる。決められた技を練習するのではなく、自由に打ち合うことで実戦感覚を磨く。基礎ができた者が行う稽古だ。

(地稽古はやばい……)

打ち合ったりしたら、一発で実力がないのがバレてしまう。

勇次は剣道場の隅にそそくさと移動する。そして、見学するつもりで正座をすると小手と面をそっとはずした。

(なんとか逃げられたな……)

顔をうつむかせて、額に滲んだ冷や汗を手の甲で拭う。

試合形式の稽古は絶対に避けなければならない。男女の差があるとはいえ、彼女たちは現役でしかもほとんど有段者だ。腕力だけなら勇次のほうが上だと思うが、剣道で敵《かな》うはずがなかった。

「ちょっと、相手してくんない?」

いきなり声が聞こえてドキリとする。

恐るおそる顔をあげると、目の前に絵里花が立っていた。面をつけているが、隙間から表情がわかる。顎をツンとあげて、にらむように勇次を見おろしていた。少なくとも人にものを頼む態度ではない。

「俺は、ちょっと……ずっと実戦から離れてるから」

ブランクを理由に断ろうとする。

いったい、なにを考えているのだろうか。顧問と部員を合わせると八人だ。偶数なので誰かがあまるということはない。それなのに、なぜか絵里花は勇次に声をかけてきたのだ。

（もしかして、バレてるのか？）

思わず探るような目で、面の奥の絵里花の顔を見つめる。

勇次の実力がないことを見抜いているのかもしれない。その上で地稽古を行い、みんなの前で恥をかかせるつもりではないか。最初から反抗的な態度の絵里花なら考えそうなことだ。

（その手には乗らないぞ……）

きっと勝てる自信があるのだろう。はじまったとたん、あっという間に打ちのめされてしまうかもしれない。

「人数は足りてるだろ」

あえて突き放すような言いかたをする。

彼女のペースに乗せられたら、地稽古をやる羽目になってしまう。それだけは避けなければならない。ここは強気にいくべきだ。

「そういう問題じゃなくて……」

意外なことに絵里花が言いよどむ。てっきり強引に出てくると思っていたので拍子抜けした。

「それじゃあ、どういう問題が」

「だって、わたしとみんなじゃ実力が違うもん。稽古にならないでしょ」

絵里花が拗《す》ねたようにつぶやく。

面のなかで唇をとがらせているに違いない。まるで駄々をこねた子供のような言いかただった。

確かに絵里花はほかの部員たちと比べると実力が劣る。経験者が多いのだから当然だ。大学に入ってから剣道をはじめた絵里花は、精いっぱい努力をしているが、まだまだ追いついていなかった。

地稽古は試合形式で打ち合うため、実力が近い者同士でないと稽古にならない。どちらかが一方的に打ちこむようでは意味がないのだ。

（ってことは、俺となら実力が釣り合うってことか？）

ふとそんな考えが脳裏に浮かんだ。

やはり弱いことを見抜かれているのではないか。だから、地稽古の相手として勇次が相応《ふさわ》しいと思ったのではないか。

（まずいぞ……）

またしても額から冷や汗が噴き出す。

引き受けないと、なにを言い出すかわからない。しかし、相手をすれば実力不足が露呈する。

（どうやって切り抜ければいいんだ……）

答えが見つからないまま時間ばかりが過ぎていく。勇次は絵里花を見つめた状態で固まっていた。

「そんなに怒んないでよ……」

沈黙を破ったのは絵里花だ。

ぽつりとつぶやき、もじもじと身をよじる。勇次が黙りこんでいるのを見て、怒っていると勘違いしたらしい。めずらしく弱気になっており、声もやけに小さくなっていた。

「別に弱いなんて思ってないよ。男の人なら余裕があるから、わたしに合わせられるでしょ。先輩たちだとそこまで余裕がないから……」

予想外の言葉だった。

どうやら、勇次のことを強いと思っているらしい。だから、絵里花の力に合わせて地稽古をしてもらえると考えたのだろう。

完全に勇次の勘違いだった。生意気な絵里花のことだから、なにかを企《たくら》んでいると思いこんでしまった。

「そりゃあ、わたしが敵わないのはわかってるよ。でも、ちょっとくらい相手をしてくれてもいいでしょ……」

絵里花の声が小さくなっていく。

それを見ていたら、だんだん申しわけない気持ちになってきた。絵里花が相手なら地稽古をしても大丈夫かもしれない。現役の剣道部員だが、女子なので筋力はそれほどでもないだろう。少なくとも力負けすることはないはずだ。

「わかったよ。やってみようか」

悩んだすえに声をかける。そして、一度はずした手拭いを頭に巻きはじめた。

「いいの？」

「ただし、俺はブランクがあるからスタミナが切れたら終わりだよ」

「うん、わかった」

絵里花はその場で小さくジャンプする。

相手をしてもらえるのが、よほどうれしいらしい。そして、待ちきれないといった感じで手招きした。

「早く早く、主将に怒られちゃうよ」

基本的に自分勝手な絵里花だが、沙月のことは恐れているらしい。

（なんとなくわかるけどな……）

チラリと見やると、沙月はこちらをじっとにらんでいた。

勇次と絵里花を待っているのだ。沙月は己《おのれ》にも他人にも厳しいイメージがある。規律を大切にしており、そこからはみ出る者を許さない。曲がったことが嫌いで、男が相手でも決して引かないタイプだ。

「遅れてすみません」

急いで面と小手をつけると、絵里花と向かい合って位置についた。

「では、はじめっ！」

沙月の合図で地稽古がはじまる。

周囲でさっそく気合いの入った声があがり、鋭い踏みこみの音と打突の音が響きわたった。

竹刀を中段に構えて間合いを計る。

勇次のほうが上背があるので、普通は間合いが遠くなるはずだ。しかし、もともと強くないうえに稽古が不足している。自分から攻めることができず、構えているだけで受け身にまわってしまう。

「メーンッ！」

そのとき、絵里花が一気に距離を詰めてきた。気合いの入った声とともに、竹刀を思いきり振りおろす。

「くッ……」

勇次は竹刀を横に向けて、かろうじて打突を受けとめる。

そのまま鍔《つば》迫《ぜ》り合いになり、ぐっと押し返す。なんとか距離を作ると、面のなかで大きく息を吐き出した。

（危なかった……）

一瞬の攻防だったが、それだけで心拍数があがっている。

思いのほか打突が鋭い。絵里花は身体が小さいが、そのぶん動きが速い。これで筋力が強かったら、鍔迫り合いからさらに攻撃されていただろう。

「ツキィイッ！」

突然、絵里花が踏みこんでくる。

距離を取って休もうと思ったことで隙が生まれたのだ。ここで突きが来るとは予想外だ。懸命に体をのけぞらして打突をかわすが、第二波が来たらやられる。そう思って、苦しまぎれに竹刀を振りおろした。

「コテエエッ！」

ほとんどまぐれだが、完璧な出小手が決まった。

ところが、絵里花は引きさがることなく迫ってくる。またしても鍔迫り合いになってグイグイ押し合う。先ほどの鍔迫り合いで力の差を感じたのか、絵里花も必死で押してきた。

「くううッ……」

腕力で負けるわけにいかない。

だが、絵里花も引こうとしないのでついつい力が入る。そして、ぐっと押し返したとき、絵里花が後方に吹っ飛ぶようにして転倒した。

「ご、ごめん、大丈夫？」

慌てて駆け寄り声をかける。

仰向けになっていた絵里花はすぐに上半身を起こすが、面の奥で顔をしかめるのがわかった。

「痛っ……」

苦しげな声を漏らして右の足首を手で押さえる。

倒れたときにひねったらしい。いったんは立ちあがろうとするが、すぐに尻餅をついた。

「面を取るよ」

すぐに面と小手を取ってやる。すると、絵里花は痛さのあまり目に涙をいっぱい溜めていた。

「やっちゃった……」

そう言うと無理をして笑う。

この状況でも弱音を吐かないのは絵里花らしい。勇次に心配をかけまいと気を使っているのだろう。ふだんは生意気だが、心根はやさしいに違いない。いっさい勇次を責めようとしなかった。

(しまった……やりすぎた)

顔から血の気が引いていく。

剣道を教えなければいけないのに怪我をさせてしまった。最悪の失敗だ。異変に気づいて、ほかの部員たちも稽古を中断して集まってきた。

「捻挫《ねんざ》ね。すぐに冷やしたほうがいいわ」

香菜子がしゃがみこんで足首にそっと触れる。それだけで絵里花は眉間に縦皺を寄せて痛がった。

「お騒がせして申しわけございません」

「鍔迫り合いでしょ。よくあることよ。誰も悪くないわ」

香菜子がやさしい言葉をかけてくれる。

それを聞いたほかの部員たちも、いっせいにうなずいた。確かに鍔迫り合いで転倒するのはめずらしくない。だが、男女の腕力の差がある。手加減できなかった自分が腹立たしかった。

「俺がアイシングをします。みなさんは稽古をつづけてください」

勇次は部員たちを見まわして声をかける。

怪我のケアするのは自分の役目だ。責任を強く感じている。絵里花を立ちあがらせると、肩を貸して更衣室に向かって歩き出した。

2

「ひとりでも歩けるよ」

絵里花の顔は赤くなっている。

身体が密着しているのが恥ずかしいらしい。恥ずかしいのは勇次も同じで、先ほどから顔が熱くなっていた。

絵里花の右腕は勇次の肩にかかっており、勇次は左手を女体にまわしている。汗ばんだ身体から甘酸っぱい香りがして、絵里花が女性であることを意識してしまう。だが、今はそんなことを気にしている場合ではない。

「無理をして悪化したら大変だ。捻挫は最初が肝心なんだ」

絵里花に合わせてゆっくり歩きながら話しかける。

捻挫はいかに早く冷やすかが重要だ。適切に処置をすれば、腫《は》れを最小限に抑えることができるし回復も早くなる。逆に処置が悪いと腫れがひどくなり、再発もしやすくなるのだ。

「詳しいんだね」

「剣道をやっていたとき、俺、怪我が多かったんだ」

高校時代を思い出す。

なにしろ弱かったため、地稽古では一方的にやられることが多かった。強く打たれたり、鍔迫り合いで転倒してばかりだった。打ち身や捻挫は何度も経験しているので自然と対処法も覚えた。

「へえ、意外……」

「どうして?」

「だって、強かったんでしょ」

絵里花はそう言って勇次の顔を見つめる。

肩を貸しているため、自然と顔の距離も近くなっていた。目が合うと思いがけずドキドキして、慌てて視線をそらした。

「兄さんは強かったけど、俺なんて……」

途中まで言いかけて口を閉ざす。

本当のことを言う必要はない。今は彼女たちのコーチなのだ。強いと思われているなら、そのままにしておけばいい。そう思う一方で、嘘をついているような気がして心苦しくなる。

「本当に強い人って謙遜するんでしょ。先生がそう言ってたよ」

「俺は違うよ」

思わずぶっきらぼうに言い放つ。すると、なにかを感じたのか、絵里花はそれきり黙りこんだ。

「今は誰もいないから入ってもいいよね」

絵里花に確認を取ってから、女子更衣室に足を踏み入れる。

作りは男子更衣室とまったく同じだ。壁ぎわにスチール製のロッカーが並んでおり中央にベンチが置いてある。それ以外はなにもない殺風景な空間だ。

絵里花をベンチに座らせると、勇次は近所のコンビニに氷を調達しに走った。

とにかく時間との勝負だ。急いで更衣室に戻ると、絵里花はベンチで仰向けになっていた。捻挫した足首が痛むのだろう、腕で顔を覆っていた。

(泣いてるのか？)

ひとりになって悲しくなったのかもしれない。

ここはそっとしておくべきだろう。声をかけずに近づくと、絵里花は顔から腕をどけて勇次を見つめた。

「おかえり……」

微笑を浮かべて迎えてくれる。

泣いていなかったことで内心ほっとするが、つぶやく声にいつもの元気がない。それでも絵里花はベンチの上で身体を起こそうとする。

「動かないで。すぐに冷やすから」

慌てて制すると、絵里花は素直に横になった。

勇次は氷をアイスバッグに入れると、彼女の足もとでひざまずく。絵里花の白い袴の裾《すそ》から足がのぞいていた。

「ちょっと触るよ」

断ってから袴の裾を少しずりあげる。

引きしまったふくらはぎから細く締まった足首にかけて、なだらかな曲線を描いていた。日ごろから手入れをしているのか、無駄毛が一本もない。白くてツルリとした肌が美しい。

こんな状況でなければ見とれていただろう。だが、今は淫らなことを考えている場合ではない。

すでに、くるぶしのあたりが赤く腫れていた。勇次自身、何度も経験しているのでわかる。放っておいても決して直らない。どんどん腫れがひどくなり、痛みも強くなってしまう。

「冷たいよ」

できるだけやさしくアイスバッグを患部に押し当てる。とたんに絵里花の身体がピクッと反応した。

「痛むか？」

「ううん、大丈夫……冷たい」

絵里花がぽつりとつぶやく。仰向けになったまま、天井をじっと見つめている。

「捻挫はまず冷やさないと。冷たいけど少し我慢して」

「うん……」

文句を言われるかと思ったが、絵里花はこっくりうなずいた。

「ごめん。俺のせいで……」

「勇次くんのせいじゃないよ」

絵里花がはじめて勇次のことを名前で呼んだ。年上の勇次に対して、くんづけなのが気になるが、それより名前で呼ばれた喜びのほうが大きかった。

「わたしが弱かったから怪我をしたんだもん」

「絵里花ちゃんは弱くないよ。ちゃんと努力しているじゃないか。努力できないやつのことを弱いって言うんだ」

自分の言葉にはっとする。

努力できないやつとは、剣道をたった一年でやめた自分のことだ。無意識のうちに自虐的な言葉を放っていた。

「がんばってるよ……ほんとに……」

どうして自分はがんばれなかったのだろうか。

やめてからというもの、剣道のことなどすっかり忘れていた。それなのに、今ごろになってほんの少し後悔の念が湧きあがった。

「褒めたって、なんにも出ないからね」

絵里花がそう言って勇次の目をじっと見た。

「にらむなよ」

「生まれつきこういう顔なの。なんか文句ある？」

生意気な口をきいて顎をツンとあげる。

アイシングが効いたのか、少し元気が出てきたらしい。なにかといえば、すぐにつっかかるのは照れ隠しだろうか。こういうタイプは知り合いにいなかったので、どう接すればいいのかとまどってしまう。

（でも、かわいいな……）

年下のくせに口は悪いが、不思議といやな気はしない。

むしろ、わがままな妹といった感じで愛らしく感じる。怪我をさせてしまったのは申しわけないが、一気に距離が縮まった気がした。

3

結局、稽古が終了する午後五時までアイシングをした。

「絵里花ちゃんの具合はどうですか？」

まっ先に沙月が女子更衣室に入ってきて尋ねる。

ふだんは冷静沈着だが、さすがに心配そうだ。主将としての責任感もあるが、部員のことを本当に大切に思っているのだろう。

「腫れのほうは、なんとか落ち着いています」

勇次は言葉を選んで慎重に答える。

足首の腫れは、それほどひどくはなっていない。やはり早めに対処したのがよかったのだろう。だが、まだまだ安心できる状況ではない。無理をすればすぐに腫れることを経験上知っていた。

ほかの部員たちも戻ってきてベンチを囲んだ。誰もが心配顔で絵里花のことを見つめている。

「やだなぁ、こんなのたいしたことないよ」

注目されて恥ずかしくなったらしい。絵里花が仰向けになったまま身をよじり、いきなり起きあがろうとする。

「バカっ、起きるな」

勇次はとっさに彼女の肩を押さえた。

せっかくアイシングしたのが無駄になる。今は患部を固定して、安静にしておくのがいちばんんだ。

「ちょっと、触らないでよ！」

「いいから横になれって」

「だから、触らないでって言ってるでしょ！」

絵里花がむっとして大きな声をあげる。だが、無理に起きあがることなく、言われるまま横になった。

「少しは元気になったみたいね。勇次くんのおかげね」

香菜子が穏やかな微笑を浮かべて声をかける。

「別に、この人のおかげじゃないですから……」

顧問に楯突《たてつ》くことはできないのか、絵里花はそっぽを向いて黙りこむ。ふたりのときは「勇次くん」と呼んでくれたのに、今は「この人」になっていた。

「とにかく、絶対に体重をかけてはダメよ。今日は歩くのも禁止よ」

「それじゃあ、宿に戻れないじゃないですか」

絵里花が唇をとがらせる。

わずか五分の道のりとはいえ、歩かせるわけにはいかない。足首の捻挫は甘く見ていると長引いてしまう。

「俺がおぶって行きます」

勇次は迷うことなく申し出る。

自分との稽古で怪我をしたのだから当然のことだ。それにここには男はひとりしかいない。絵里花の体重は軽そうだが、それでも人を背負って歩くのは大変だ。できるのは自分だけだった。

「そうね。勇次くんにお願いするしかないわね」

「えっ、ちょっと勝手に決めないでください」

絵里花が大きな声をあげる。

勇次におんぶされるのは抵抗があるらしい。だが、即座に沙月と千夏が首を左右に振った。

「先生の言うとおりにしなさい」

「安静にしておかないとダメよ」

主将と副将に諭《さと》されて、絵里花は口を閉ざした。納得していない様子だが、従わざるを得ないと判断したようだった。

勇次はいったん女子更衣室から出ると私服に着がえた。

絵里花を背負って歩くのだから、きっと暑くなるだろう。そう思って、スウェットの上は着ないで、Tシャツ一枚にしておいた。

再び女子更衣室に向かう。

すでにみんな着がえを終えており、絵里花は不機嫌そうな顔でベンチに腰かけていた。身につけているのは飾り気のない黒のジャージだが、胸もとのふくらみが視線を引いた。それほど大きくはないが、ふいに女を感じてとまどった。

（ど、どこを見てるんだ……）

心のなかで自分に言い聞かせる。慌てて視線を引き剝がすと、絵里花の前で背中を向けてしゃがみこんだ。

「本当に歩いたらダメ？」

この期に及んで絵里花がつぶやく。

やはり抵抗があるらしい。あんまりいやがられると、嫌われている気がして淋しくなる。

「怪我してるんだから仕方ないだろ。我慢してくれ」

声をかけると、絵里花は渋々といった感じで勇次の肩に手をかける。そして、躊躇《ちゅうちょ》しながらも背中に覆いかぶさった。

（おっ……これは、なかなか……）

思いがけず女体の感触がはっきりわかる。

Ｔシャツの背中に絵里花の身体が密着しているのだ。ジャージに包まれた乳房が背中に触れている。布地ごしでもプニュッという感触が伝わった。

「しっかりつかまってくれよ。落ちたら危ないからな」

平静を装って声をかける。

すると、絵里花は両手をしっかりまわしてしがみつく。両脚でも勇次の腰をギュッと挟みこんだ。

「それじゃあ、立つよ」

勇次は両手で絵里花の太腿をそっと抱える。手のひらに柔らかい感触が伝わり、胸の鼓動が一気に速くなった。

「あっ……」

立ちあがると、絵里花が小さな声をあげた。

「大丈夫？」

振り返って尋ねる。

すると、絵里花の顔が思いのほか近くにあって、ますます胸の鼓動が速くなる。密着していることを実感してしまう。絵里花も困惑した表情を浮かべて、顔をまっ赤に染めあげた。

「大丈夫だから、こっち見ないでよ」

相変わらず口は悪いが、おそらく照れ隠しだ。それがわかるから、まったく気にならなかった。

「行くぞ。落ちるなよ」

更衣室を出て、剣道場をあとにする。

ふたりの荷物は部員たちに持ってもらう。急ぐと危ないので、みんなには先に宿に帰ってもらうことにした。

薄暗くなった道をゆっくり歩く。

西の空を見あげれば、燃えるようなオレンジ色に染まっていた。

首スジに絵里花の微かな息づかいを感じる。遠くで波の打ち寄せる音がする以外はなにも聞こえない。

「足、痛くないか？」

彼女の右足をチラリと見おろして尋ねる。

すると、絵里花は声を出すことなく、おんぶされたまま小さくうなずく。もはや言葉を交わすのもいやなのだろうか。

「あとちょっとだから我慢だ。いやなのは仕方ないけど、落ちないようにしっかりつかまっててくれよ」

少し突き放すような言いかたになってしまう。嫌われていると思うと、つい口調が鋭くなった。

(でも、俺の責任なんだ……)

すぐに反省して心のなかでつぶやく。

怪我をした絵里花が不機嫌になるのは当然のことだ。みんなは仕方がないと言ってくれるが、自分に余裕があれば怪我をさせることはなかった。

ごめんな――。

謝罪の言葉が喉もとまで出かかる。

そのとき、背後で絵里花が微かに動いた。なにごとかと振り返れば、至近距離で目が合った。

「こっち見ないでって言ってるでしょ」

「わ、悪い……」

慌てて前を向く。すると、絵里花が小さく息を吸うのがわかった。

「いやなわけじゃないから……」

まるで独りごとのようにぽつりとつぶやく。

急になにを言い出したのだろうか。思わず振り返りそうになって、ギリギリのところでこらえた。

「恥ずかしいだけ……勇次くんのことがいやなわけじゃないよ」

再び絵里花がつぶやく。

どうやら、先ほどの勇次の言葉に応じたらしい。ふだんは生意気だが、ふいに本音を口走る。そんな絵里花が愛《いと》おしく感じた。

「宿に戻ったら、もう一度アイシングするぞ」

「ええっ、もういいよ」

「最初が肝心だって言っただろ。今のうちにちゃんとしておけば、治りが早くなるんだ。怪我だらけだった俺が言うんだから間違いない」

勇次が力説すると、絵里花が体に巻きつけた腕にギュッと力をこめる。

「もうわかったよ。やるよ、アイシングすればいいんでしょ」

「う、うん……わかったならいいよ」

ふいに声が震えてしまう。

背中に絵里花の乳房が強く押しつけられているのだ。気にしてはいけないと思うが、意識せずにはいられなかった。

4

宿に到着すると、絵里花を背負ったまま二階にあがる。

客室に運びこんで畳の上にそっとおろす。時刻は五時十五分になるところだ。

ふたりでひと部屋だが、同部屋の部員は風呂に入っているらしい。そのまま食堂に行って夕食を摂るのでしばらく戻ってこないという。

「絵里花ちゃんの晩ご飯は、あとで持ってくるから、ここで食べて」

「ええっ、ひとりで？」

「なるべく歩かないほうがいいんだ。我慢してくれ」

「ひとりはいやだ……勇次くんはどこで食べるの？」

絵里花がぶつぶつ言い出す。そして、勇次の顔を恨めしそうに見あげた。

「わかったよ。俺もここでいっしょに食うよ。それでいいんだろ？」

「本当っ、約束だよ」

とたんに機嫌が直った。

「その前にアイシングをするぞ」

布団を敷いて絵里花を寝かせる。

足首は赤くなっているが、思ったよりも腫れていない。それほど心配することはなさそうだ。安静にしておけば快方に向かうだろう。

厨房でアイスバッグに氷を入れて戻ってくる。そして、絵里花の足首にそっと押し当てた。

「どうだ？」

「冷たくて気持ちいい……」

絵里花は目を閉じてつぶやく。

その表情が色っぽく見えて、慌てて視線をそらす。生意気だが妙に惹かれるものがある。絵里花は不思議な魅力を持っていた。

「なあ、どうして憎まれ口をたたくんだよ」

素朴な疑問を口にする。

絵里花は日ごろの言動から誤解されることが多いのではないか。普通にしていれば顔はかわいいので、きっと男たちが放っておかないだろう。

「どうして、そんなこと聞くの？」

「損してるんじゃないかと思ってさ。黙ってたほうがモテるんじゃないか」

「うるさいなぁ。そんなのわたしの勝手でしょ」

絵里花は迷惑そうに顔をそむける。

確かに本人の自由だが、もっとうまいやりかたがあると思う。いちいち人に食ってかかる意味がわからなかった。

「負けず嫌いなんだから仕方ないでしょ」

「でも、もう少しやさしくなったほうが……」

「心配してくれなくても大丈夫。これでもモテるんだからね」

絵里花は堂々と言い放つ。

好きな人の前では態度を変えるのだろうか。だが、そんな器用なことができると思えなかった。

「勇次くんのほうこそ、どうなのよ」

「どうって？」

「モテるのかどうかって話。彼女はいるの？」

「か、彼女は……」

ストレートに聞かれて一瞬たじろぐ。

半年ほど前にフラれたことを思い出すが、そんなことは教えたくない。口を閉ざすと、絵里花は仰向けのまま首だけ持ちあげた。

「その反応はいないんでしょ。それともフラれたばっかりとか」

からかいの言葉をかけられても反論できない。

現時点で恋人はいないし、フラれたのも事実だ。黙りこんでいると、絵里花はますます調子づいてきた。

「当たりみたいね。見るからにモテなそうだもん。お兄さんはイケメンだって聞いてたけど、勇次くんは――」

「俺だってモテるんだぞ」

ついむきになって言い返す。

直後に失敗したと思う。口から出任せだが、あとに引けなくなる。もし嘘だとわかれば、きっと嵩《かさ》にかかって攻撃してくるだろう。

「本当かなぁ。イケメンでもないのに、どうしてモテるの。どういうところがよくて女の子が寄ってくるわけ？」

絵里花はニヤニヤしながら執拗に尋ねる。勇次がモテるはずがないと確信しているようだ。

「わ、わかってないな。男は顔じゃないぞ」

またしても適当なことを言ってしまう。

兄のように二枚目ではないし、剣道も挫折している。だが、年下の絵里花にバカにされるのはおもしろくない。やめておけばいいのに、どうしても引きさがることができなかった。

「へえ、顔じゃないなら、なんなの？」

「そ、それは……」

アイスバッグで絵里花の足首を冷やしながら懸命に考える。

だが、なにも思い浮かばない。なにか言い返さないと、またつっこまれる。できれば、反論されないような言葉を返したい。

「ねえ、どうしてモテるの？」

「セ、セックス……」

なおも問いつめられて、苦しまぎれに言い放った。

絵里花が反論できないことを考えた結果だ。しかし、さすがにまずかったかもしれない。あり得ない言葉に絵里花は一瞬ぽかんとしていたが、やがて見るみる頰の筋肉がこわばった。

「な、なに言ってるの？」

絵里花が軽蔑するような目を向ける。だが、こわばっていた頬が、ほんのり赤く染まっていた。

やはり、この手の話は苦手らしい。

てっきり怒り出すかと思ったが、懸命に平静を装っている。もしかしたら、下ネタで怯《ひる》むのが格好悪いと思っているのかもしれない。こういうところにも負けず嫌いの性格が表れていた。

「俺のセックスがいいらしいんだ。だからモテるんだよ」

勇次はそう言って胸を張る。

もちろんはったりだが、セックスがうまい男でとおすしかない。疑われるに決まっているが、言い張るしかなかった。

「そうなんだ……」

絵里花のトーンが明らかに落ちている。つっこむわけでもなく、落ち着きなく視線をさ迷わせていた。

「よかったら試してみるか？」

本気で言ったわけではない。さんざん小馬鹿にされたので、少しからかってやろうと思っただけだ。

「いいよ……」

絵里花がぽつりとつぶやく。

一瞬、自分の耳を疑ったが間違いない。絵里花は小さくうなずき、勇次の顔をまっすぐ見つめた。

「お、おい……」

からかったつもりだったが、勇次のほうが焦ってしまう。まさか、絵里花が受け入れるとは予想外だった。

「まさか冗談とか言わないよね」

挑発するような目を向けられる。絵里花は顎をツンとあげて、勇次の顔をにらんでいた。

「本当にいいんだな？」

「だから、いいって言ってるでしょ」

売り言葉に買い言葉というやつだ。

どちらも引くに引けなくなっている。このままでいくと、本当にセックスすることになってしまう。

（俺はいいけど……）

アイシングしている絵里花の足首を見おろす。

とくに腫れがひどくなっている様子はない。痛みも落ち着いているようなので、足首に負担がかからないようにすれば問題ないだろう。

5

「やめるなら今のうちだぞ」

仰向けになっている絵里花の顔を見おろして声をかける。

勇次としては最後のチャンスを与えたつもりだ。ところが、絵里花は勝ち気そうな目を向ける。

「どうして、わたしがやめて欲しいって言うのよ」

やはり引く気はないらしい。

そういうことなら、行きつくところまで行くまでだ。同意を得ているのだから、なにも問題はないはずだ。

念のためドアに鍵《かぎ》をかけたので、いきなり誰かが部屋に入ってくることはない。

顔をゆっくり近づけると、絵里花は目を強く閉じて身を硬くする。そのまま唇を重ねて、いきなり舌をヌルリッと挿し入れた。

「ンっ……」

絵里花が微かな声を漏らす。

唇の柔らかさと唾液の甘さを堪能する。さらには舌をからめて吸いあげるが、絵里花は身体を硬くしたままだ。抗ったりはしないが、かといって勇次の舌を吸い返すこともない。

（あんまり経験がないんじゃないか……）

ふとそんな気がした。

まだキスをしただけだが、絵里花の反応は初心《うぶ》すぎる。唇を離して見おろすと、恐るおそる目を開けた。

「まさか処女じゃないよな？」

「そんなわけないでしょ。何回もやったことあるんだからね」

絵里花は強がると上半身を起こして、自らジャージの上着を脱ぎはじめる。さらにTシャツもまくりあげると頭から抜き取った。

（おおっ……）

勇次は思わず腹のなかで唸った。

乳房を覆っているのは淡いピンクのブラジャーだ。絵里花は耳までまっ赤に染めながら、ジャージのズボンもおろして脱ぎ去った。するとブラジャーとお揃いの淡いピンクのパンティが現れた。

女体に纏っているのはブラジャーとパンティだけになる。再び仰向けになり、勇次の顔を見あげた。

「早くしてよ」

相変わらず口は達者だが、瞳は涙で潤んでいる。

本当は恥ずかしくてたまらないのだろう。無理をしているのが、手に取るようにわかった。

勇次もTシャツとスウェットパンツを脱いで、グレーのボクサーブリーフ一枚になる。すでにペニスは硬くなり、前が大きくふくらんでいた。我慢汁が溢れて黒い染みがひろがっているのが恥ずかしい。だが、今はそんなことより、目の前の絵里花のほうが気になった。

「そんなに無理するなよ」

「無理してないもん」

「本当に？」

添い寝をするように横たわり、もう一度やさしく唇を重ねる。

今度は絵里花も遠慮がちに舌を伸ばす。自然と深くからませて、粘膜同士をヌルヌルと擦り合わせた。

「ンンっ……」

絵里花はうっとりしたように睫毛を伏せて、微かに鼻を鳴らしている。

ディープキスだけでも感じているらしい。下着だけを纏った身体を右に左によじりはじめた。

女体を抱きしめると、ブラジャーのホックをはずして取り去る。

露になった乳房は大きすぎず小さすぎず、ほどよいサイズだ。薄ピンクの乳首も愛らしくて、思わず顔を寄せてキスをした。

「あっ……」

絵里花の唇から小さな声が漏れる。

軽く触れただけなのに、敏感そうに身体が震えた。舌先でそっと舐めあげれば、乳首はすぐにぷっくりふくらんだ。

「もう硬くなったよ」

「だ、だって、そんなことされたら……」

絵里花が困惑の表情を浮かべる。

反応してしまうのが恥ずかしいらしい。勇次は構うことなく双つの乳首を交互にしゃぶる。そして硬くなったところを指先で摘まんで、グミのような感触を楽しみながら転がした。

「ンンっ……ンぁっ」

こらえようとしても声が漏れてしまうらしい。絵里花は顔をまっ赤にして、首を左右に振りたくった。

「いやなの？」

乳首をいじりながら尋ねる。

おそらく絵里花は経験が少ない。すぐに強がるが、望まないことはしないほうがいいだろう。

「いや……じゃない」

絵里花の声は消え入りそうなほど小さい。それでも自分の意思をはっきり口にすると、濡れた瞳で勇次を見つめた。

それならばと、両手で乳房をゆったり揉みながら、乳首をねちねちしゃぶりつづける。唾液を塗りつけては吸いあげて、指先でも転がしつづけた。女体の反応は顕著で乳輪まで硬くなった。

（そろそろ、下のほうも……）

下半身に移動すると、パンティのウエスト部分に指をかける。ゆっくり引きさげれば、恥丘が少しずつ見えてきた。

「やだ……恥ずかしいよ」

絵里花がつぶやくと同時に全容が露になる。

（おおっ、こ、これは……）

胸のうちで呻いて両目をカッと見開く。

剝き出しになった恥丘には、陰毛が申しわけ程度にしか生えていない。どうやら生まれつき陰毛が薄いらしい。そのため白い地肌だけではなく、中央に走る縦溝まで透けていた。

太腿と膝、それにふくらはぎを指先で撫でながらパンティを滑らせて、つま先からすっと抜き取った。

「ああっ……」

絵里花の唇から小さな声が漏れる。

身に纏っている物はなにもない。すべてをさらす羞恥にまみれて、すっかりおとなしくなっていた。

（早く挿《い》れたいけど……）

その前にやってみたいことがある。

絵里花の双つの膝をつかむと、左右にゆっくり開いていく。やがてM字開脚の体勢になり、秘めたる部分が剝き出しになった。

（これが、絵里花ちゃんの……）

生唾を飲みこんで凝視する。

すぐそこに絵里花の女性器があるのだ。陰唇は形崩れがいっさいなく、艶々したミルキーピンクに輝いている。乳首を愛撫したことで反応したのか、二枚の女陰の合わせ目から透明な汁が滲み出ていた。

「み、見ないで……」

絵里花が弱々しい声でつぶやく。

今にも涙がこぼれそうなほど目が潤んでいるが、されるがままになっている。セックスする気はあるらしい。それどころか、見られることで興奮しているのかもしれない。こうしている間にも愛蜜の量が増えていた。

「すごくきれいだよ」

声をかけながら股間に顔を近づける。

濡れそぼった陰唇から、ほのかにチーズのような香りが漂っており、牡の欲望が高まっていく。フーッと息を吹きかければ、それだけで女体がビクッと撥ねるように反応した。

「あンンっ、い、いや……」

絵里花が慌てたように声をあげる。

そして、両手を伸ばして勇次の頭にあてがった。だが、押し返すわけではなく、軽く添えているだけだ。

「そ、そんなところ……」

眉を八の字に歪めて、とまどいを口にする。

口で愛撫されることに抵抗があるのだろうか。いや、それなら本気で頭を押し返すはずだ。そこまでいやがっているわけではない気がする。もしかしたらクンニリングスの経験がないのかもしれない。

「舐められたことないの？」

股間に顔を寄せたまま尋ねる。

すると、絵里花は下唇をキュッと噛みしめて、一拍置いてからうなずいた。負けず嫌いで見栄を張ったが、やはり経験が圧倒的に少ないのだろう。未知の愛撫を前にして、とまどいを隠せなくなっていた。

「それなら、これがはじめてだね」

「こ、怖い……」

絵里花の口から意外な言葉が漏れる。

余裕がなくなり、強がることもできなくなっていた。素直になった絵里花が愛おしくなる。どうせなら、たっぷり感じさせてあげたい。

「大丈夫だよ。俺にまかせて」

安心させるように声をかける。

実際のところ、勇次もそれほど経験が豊富なわけではない。だが、少なくとも絵里花よりは回数をこなしている。

(俺がうまくリードしないと……)

興奮しながら自分に言い聞かせる。

そして、いよいよ濡れた陰唇に口を押し当てた。とたんにクチュッという湿った音がして、割れ目の内側に溜まっていた華蜜が溢れ出す。勇次はとっさに唇を密着させると思いいきり吸いあげた。

「そ、そんな……あああああッ」

いきなり華蜜をすすり飲まれて、絵里花が困惑の声を漏らす。それと同時に白い内腿がビクビクと痙攣《けいれん》した。

(感じてる……絵里花ちゃんが感じてるんだ)

女体の反応に気をよくして、舌を伸ばすと陰唇を舐めあげる。

華蜜を飲みくだしつつ、舌先を膣口に埋めこんだ。軽くピストンしてかきまわせば絵里花の喘ぎ声が高まった。

「ああッ、あああッ、そ、そんなにしたら……」

華蜜の量がどんどん増えている。内腿の痙攣もいっこうに治まらず、女体の反応がさらに大きくなっていく。

勇次は舌先を滑らせて、割れ目の上端へと移動させる。小さな肉の突起、クリトリスを探り当てると、唾液と愛蜜を塗りつけてネチネチと転がした。

「はあああッ、そ、そこはダメぇっ」

絵里花の唇から喘ぎ声がほとばしる。

はじめてのクンニリングスで、よほど感じているらしい。脚を大きく開いたはしたない格好で、身体をググッと仰け反らせる。両手で勇次の頭をしっかりつかみ、自ら股間に引き寄せた。

「も、もうダメっ、ダメっ、はあああああッ！」

絵里花の声がさらに大きくなり、ついにはビクビクと激しく反応する。

それと同時に女陰の狭間から透明な汁がプシャアアアッと勢いよく飛び散った。驚いたことに潮を噴きながら昇りつめたらしい。

「すごいね。いつもこんなに感じるの？」

手の甲で口のまわりを拭って声をかける。

女性に潮を噴かせたのなど、これがはじめてだ。自分のテクニックが急に向上するとは思えないので、きっと絵里花の感度がよいのだろう。陰唇はアクメの余韻を嚙みしめるように、ヒクヒクと小刻みに震えていた。

6

「俺にもしてくれないか」

思いきって提案する。

一刻も早く挿入したい気持ちはあるが、別の欲望も湧きあがっていた。クンニリングスがはじめてなら、きっとフェラチオの経験もないだろう。初心な絵里花にペニスをしゃぶらせたい。はじめての男になれるかもしれないと思ったら、欲望を抑えられなくなった。

「わたしが、勇次くんに？」

昇りつめて虚ろな目をしていた絵里花が上半身を起こす。

勇次は彼女の前で仁王立ちして、勃起したペニスを見せつける。隆々とそそり勃《た》った肉棒の先端は、我慢汁でぐっしょり濡れていた。

「やったことはある？」

「ううん……ない」

絵里花は首を左右に振り、ペニスをじっと見つめる。

どうやら、口で愛撫する方法があるのは知っているらしい。至近距離でまじまじと観察しているので、興味があるのかもしれない。少なくとも、いやがっているようには見えなかった。

「やり方はわかる？」

「なんとなく……」

絵里花は捻挫した足首を庇《かば》うように横座りする。そして、両手をペニスの両脇にそっと添えた。

「最初はキスからだよ」

「どこにするの？」

「好きなところでいいよ」

勇次の言葉に絵里花はうなずくと、顔をペニスに近づける。やがて唇が亀頭の先端にチュッと触れた。

「うッ……」

柔らかい感触が伝わり、思わず声が漏れる。

絵里花の唇がはじめてペニスに接触した瞬間だ。軽く触れただけだが、甘い快感がひろがった。

「痛かった？」

「ううん、気持ちいいよ」

感じていることを教えると、絵里花は再び亀頭にキスをする。先ほどよりもさらにやさしく触れてくれた。

「すごく濡れてる……」

「絵里花ちゃんがかわいいから、こんなに濡れるんだよ」

ふだんなら照れて口にできない台詞《せりふ》だ。

女性を褒めるのは得意ではない。だが、興奮している今なら、まっすぐ目を見て言うことができた。

「ウソ……」

絵里花はぽつりとつぶやき、視線をすっと落とす。だが、両手は太幹に添えられたままだ。

「ウソじゃない。すごくかわいいよ」

この気持ちを素直に伝えたい。触れ合ったことで、多少なりとも心が近づいている気がした。

「かわいいなんて言われたことないから……うれしい」

本当に言われ慣れていないのだろう。まっ赤になって照れている。そんな絵里花がますますかわいく思えた。

「お礼にもっと気持ちよくしてあげる」

絵里花は我慢汁が付着するのも構わず、何度も亀頭にキスをする。

柔らかい感触が心地よくて、新たな我慢汁が溢れ出す。ますます濡れるが、絵里花はキスをやめようとしない。さらにはピンク色の舌先をのぞかせて、張りつめた亀頭の表面に這わせはじめた。

「ううッ……じょ、上手だよ」

声をかけると、絵里花はうれしそうに目を細める。そして、亀頭全体を舐めまわしてくれた。

「竿の裏のほうも舐めてくれるかな」

「このへん？」

絵里花は首をかしげながら、竿の裏側にも舌を這わせはじめる。

恐るおそるやるので、たまたま触れるか触れないかの微妙なタッチになり、さらなる快感を生み出した。

「い、いいよ。縫い目のところが気持ちいいんだ」

「ここ？」

舌先が敏感な裏スジを捉える。くすぐるような動きが気持ちよくて、我慢汁がどっと溢れた。

「くううッ、い、いいよ。根もとのほうから先端に向かって……」

勇次が伝えると、絵里花はすぐに実践してくれる。

初心な女性にフェラチオを教えるのが楽しい。絵里花は素直なので、なんでもやってくれそうだ。

「ピクピクしてるよ。すごく感じてるんだね」

絵里花は裏スジをくり返し舐めあげては、ときどき亀頭に口づけする。さらには教えたわけでもないのに、自分から尿道口に舌を這わせはじめた。

「そ、そこは……ううぅッ」

くすぐったさをともなう快感がひろがり、呻き声をこらえられない。我慢汁がどんどん溢れて、腰が小刻みに震えはじめた。

「ここも気持ちいいんだね……ンンっ」

絵里花は上目遣《うわめづか》いにつぶやき、口もとに笑みを浮かべる。

自分の愛撫で勇次が感じているのがうれしいらしい。裏スジや尿道口など、反応がいい場所を何度も刺激してくれる。

「じゃあ、今度は咥えてくれるかな」

「うん……」

フェラチオが楽しいのかもしれない。絵里花は躊躇することなく亀頭をぱっくり咥えこんだ。

「ううッ……く、首をゆっくり振ってみて」

柔らかい唇がカリ首に密着しただけでも気持ちいい。これで首を振ったらどうなるのか、想像しただけでも興奮が加速する。

「ンっ……ンっ……」

言われるまま絵里花が首を振りはじめる。

とたんに甘い刺激が股間から全身へとひろがっていく。木刀のように硬直したペニスを溶けそうなほど柔らかい唇でしごかれている。すぐに射精欲がこみあげて、とっさに尻の筋肉に力をこめて耐え忍んだ。

「はンっ……はむンっ」

絵里花は睫毛をそっと伏せて、うっとりした表情を浮かべている。

いつしかペニスをしゃぶることに夢中になっていた。まるで味わうように、ねちっこく唇を滑らせる。

「も、もう……もう大丈夫だよ」

これ以上つづけたら口内で暴発してしまう。勇次は慌てて腰を引くと、ペニスを口から引き抜いた。

「あンっ……もう終わり？」

絵里花が不満げな瞳で見あげる。

はじめてのフェラチオがお気に召したらしい。ペニスをしゃぶることで昂《たかぶ》り、横座りの姿勢で腰をくねらせた。

「ひとつになりたいんだ。いいだろ？」

熱く語りかけながら、絵里花の身体を布団の上に横たえる。そして、足首に負担をかけないように、正常位の形で覆いかぶさった。

「わたしも……勇次くんとひとつになりたい」

絵里花は照れながらも、勇次を受け入れてくれる。

ペニスの先端を膣口に押し当てると、そのまま体重を浴びせるようにして挿入を開始した。

「はンンっ……は、入ってくる」

せつなげな表情を浮かべて絵里花が喘ぐ。

亀頭が膣口にヌプッとはまり、さらにゆっくりと前進する。なかにたまっていた華蜜が溢れて、お漏らしをしたように濡れていく。

「絵里花ちゃんのなか、すごく熱くなってる」

膣道が狭いため、締めつけ感が強烈だ。

女壺の熱気に誘われて、ペニスを奥へ奥へと進ませる。張り出したカリで膣壁を擦りながら、ついには根もとまで完全につながった。

「はああンっ、お、大きい……」

絵里花の半開きになった唇から甘ったるい声が溢れ出す。

両手を勇次の腰に添えて、濡れた瞳で見あげている。ペニスで膣を埋めつくされて苦しいのか、呼吸をハアハアと乱していた。

「あんまり経験ないんだろ？」

すぐに動かないほうがいいだろう。根もとまでつながったまま、ピストンすることなく両手で乳房を揉みあげる。

「う、うん……」

絵里花がはずかしそうにうなずく。

もう強がるのはやめたらしい。ペニスを女壺に受け入れたことで、すっかり素直になっていた。

「しばらく、じっとしていよう」

動かずにペニスと膣をなじませる。その間も両手で乳房を揉んでは、硬くなっている乳首を転がした。

「あンっ……」

ときどき絵里花が声を漏らす。

乳首が感じるらしい。指先でそっと摘まんでやれば、膣道が連動してキュウッと締まった。

「も、もう、動いて……」

絵里花がじれたようにつぶやく。

膣が太幹になじんだらしい。なにもしなくても、膣襞が刺激を欲してザワザワ蠢《うごめ》いていた。

「いくよ」

声をかけてから腰をゆっくり振りはじめる。

まずは慎重にペニスを引き出していく。じわじわ後退させると、張り出したカリが膣壁をえぐるように擦りあげる。

「あっ……あっ……」

それだけで、絵里花の唇から切れぎれの喘ぎ声が溢れ出す。再びペニスを埋めこめば、白い下腹部が艶めかしく波打った。

「はンンっ……な、なかが擦れてる」

「苦しくない？」

「だ、大丈夫……もっと……」

絵里花は腰をもじもじ揺らして、さらなるピストンをねだる。

スローペースの抽送で、女体の反応がどんどん大きくなっていく。膣のなかがうねり、ペニスを四方八方から刺激した。

「ううッ……す、すごい」

少しずつピストンを速めて、ペニスで膣のなかをかきまわす。亀頭を深く埋めこめば、女壺全体が思いきり収縮した。

「ああッ……ああッ……」

絵里花の喘ぎ声が大きくなる。

女体が仰け反り、華蜜の分泌量が倍増した。ペニスを出し入れするほどに昂り、いつしか絵里花も股間をしゃくりあげる。

「そ、そんなに動いたら……」

「あンっ、だって動いちゃうの……ああンっ」

「おおおッ、こ、これは……おおおおッ」

ふたりの動きが一致することで、快感が急激にふくれあがる。ペニスをギリギリと絞りあげられて、すぐに射精欲がこみあげた。

「も、もうっ、おおおおッ、もうダメだっ」

「ああああッ、わ、わたしもっ、はあああッ」

最後の瞬間が刻一刻と近づいている。絵里花が歓喜の涙を流しながら、両腕を大きくひろげた。

「勇次くんっ、ギュッとして」

せつなげな瞳で懇願されて愛おしさがこみあげる。

勇次は上半身を伏せると、絵里花の身体をしっかり抱きしめた。胸板と乳房が密着するのが気持ちいい。柔らかさが伝わり、ますますテンションがアップする。腰の動きが速くなり、ペニスをグイグイと力強く出し入れした。

「ああッ……あああッ……い、いいっ、いいのっ」

絵里花が首にしがみつき、耳もとで喘ぎはじめる。両脚も勇次の腰にまわして、全身で感じはじめた。

「おおおおッ、くおおおおッ」

頭のなかが燃えあがり、射精することしか考えられない。全力でピストンして、ペニスを膣の深い場所までたたきこんだ。

「はあああッ、い、いいっ、もうダメぇっ」

絶叫にも似た絵里花の喘ぎ声が引き金となる。勇次はペニスを根もとまで埋めこむと、怒濤《どとう》の勢いで押し寄せる快感の大波に身をまかせた。

「ぬおおおッ、で、出る出るっ、くおおおおおおおおッ！」

自分の声とは思えない呻き声が溢れ出す。

精液が一気に尿道を駆け抜けて、亀頭の先端からほとばしる。ペニスが蕩《とろ》けたかと思うほどの凄まじい快感だ。大量の精液が噴き出すたび、尿道口が灼けるような愉悦が湧き起こった。

「あああぁッ、い、いいっ、はあああぁッ、イクッ、イクイクうううッ！」

絵里花も絶頂を告げながら昇りつめる。

正常位で突かれて尻をシーツから浮かせると、ペニスを思いきり締めつけた。女壺全体がうねり、またしても透明な汁が勢いよく噴きあがる。いわゆるハメ潮というやつだ。

「おおおおッ、す、すごいぞっ」

勇次は射精をつづけながら思わず唸った。

絵里花がペニスを根もとまで呑みこんだまま、潮をまき散らすほど感じている。ふたりの股間はグショグショだ。かつてないほどの興奮にまみれて、心の底から満足感がこみあげた。

第四章　性の稽古で蕩けて

1

翌日、勇次は全身筋肉痛になっていた。

昨日は稽古で汗を流したあと、捻挫した絵里花をおんぶして、剣道場から宿まで運んだ。しかも、そのあと激しいセックスまでしたのだ。日ごろ運動不足の勇次が急に激しく動けば、筋肉痛になるのは当然のことだった。

合宿は四日目を迎えている。

朝練は見ているだけなので大丈夫だった。午前中の仕事は筋肉痛のなか、なんとか乗りきった。

そして午後になり、勇次は剣道場の片隅で正座をしている。

筋肉痛でまともに動けそうにない。今日はなるべく稽古に参加しないで、見学だけですませるつもりだ。

（こんなことで無理をしても仕方ないからな……）

そう思いつつ、なぜか筋肉痛も悪くないと思っている。

自分でもよくわからない感覚だ。久しぶりに体を動かしたことで、なんともいえない充実感を覚えていた。

（それにしても、昨日はすごかったな……）

部員たちの素振りを見ながら、昨夜の絵里花とのセックスを思い出す。

なにより絵里花が敏感だったことに驚いた。二度も潮を噴いたので、布団がグッショリ濡れてしまった。

すべてが終わったあと、急いで布団を交換した。もちろん、両親にもほかの部員たちにもバレないように行った。絵里花は顔を赤くして何度も謝っていたが、そんなところもかわいかった。

今日、絵里花はずっと宿にいる。足首を捻挫しているので、大事をとって部屋で休養することになった。本人は稽古に参加したがって駄々をこねたが、沙月に一喝されるとさすがにあきらめた。

今日は顧問の香菜子も宿に残っている。他校との練習試合を計画しており、リモートでやり取りをしているという。

ということで、本日の稽古は部員六人だけで行っている。

素振りのあとは足さばきの稽古だ。ほとんどの時間を基本の稽古に使う。剣道の上達に近道はない。地道な稽古をつづけるしかないのだ。

「お手伝いしてもらってもいいですか」

話しかけてきたのは沙月だ。

汗で濡れた額に黒髪が数本貼りついている。いつ見てもクールな美貌だ。例によってにこりともせず、勇次の顔を見おろしていた。

「俺にできることなら手伝うよ」

勇次は緊張を押し隠して答える。

沙月に手伝いを頼まれるのは、これがはじめてだ。あまり相手にされていなかったので、話しかけられたのが意外だった。

「今から地稽古をするのですが、参加してもらえませんか」

そう言われて、とたんに気持ちが重くなる。

絵里花と香菜子がいないので六人しかいない。地稽古はふたりでやるので、三組しか作れないことになる。少人数だと活気が出ないので、ひとりでも人数を増やしたいという。

（言いたいことはわかるけど……）

即答できずに黙りこむ。

ただでさえ実力不足なのに、そのうえ筋肉痛がひどいのだ。できれば参加したくなかったが、めずらしく沙月が頼んできたので断りづらい。ようやく役に立てるチャンスだ。

「わかったよ」

意を決して返事をすると防具を身につける。竹刀を手にして立ちあがるとき、足腰の筋肉に痛みが走った。

「うっ……」

思わず小さな声が漏れて顔をしかめる。

沙月が怪訝そうに振り返るが、勇次はすでに面をつけているので表情まではわからないはずだ。

「よし、やるぞ」

慌てて気合いが入っている振りをしてごまかす。しかし、沙月はなにも言わず、みんなのところに戻っていった。

(完全に嫌われてるみたいだな……)

そう思うと気持ちが沈んでしまう。

とにかく、やれることをやるだけだ。肩の筋肉をほぐそうと思って、軽く素振りをしてみる。筋肉痛はあるが、なんとか乗りきるしかなかった。

「はじめっ！」

沙月の合図でついに地稽古がはじまる。

勇次はいきなり沙月と相対していた。順番に相手を替えて行うので、いつかは当たるのだが、せめて体が温まってからのほうがよかった。

(主将、いつでも本気なんだよな……)

胸のうちで愚痴が漏れる。

稽古なのだから本気なのは当然だ。しかし、沙月は相手が格下でも常に全力で、手加減することはない。いや、手加減はしているのだが、ほかの部員たちと力の差がありすぎるのだ。

(でも、やるしかない……)

今さら逃げることはできない。こうなったら覚悟を決めるしかなかった。

向かい合って竹刀の先端を合わせると蹲踞《そんきょ》の姿勢を取る。沙月は体幹がしっかりしているため、蹲踞がじつに美しい。身体がまったくブレないので、構えた竹刀も安定していた。

立ちあがると、中段の構えで相手の出方をうかがう。

とはいえ、端《はな》から敵わないのはわかっている。沙月は三段で、勇次は一級すら持っていないのだ。技術はもちろんスピードでも沙月が上だ。

（まったく隙がない……）

こめかみを汗が流れ落ちていく。

向かい合っているだけでも圧力を感じる。沙月が構えた竹刀の先端が、勇次をにらみつけているようだ。

動かないのではなく動けない。下手に動けば隙ができる。その瞬間に打突が飛んでくるはずだ。構えを崩すことができなかった。

（無理だ……勝てるはずない）

そう思った時点で勝負は九分九厘決していた。

剣道家としての格が違いすぎる。一矢報《いっしむく》いることができるとすれば、腕力が物を言う鍔迫り合いからの展開だけだ。とはいえ、そんなことは見抜かれているだろう。沙月が接近戦に持ちこむはずがなかった。

そのとき、沙月の竹刀が微かに揺れた。

（いける……）

いっさい迷わなかったのは、端から勝てないと開き直っているからだ。大きく踏みこんで一気に距離を詰める。

「メーンッ！」

気合いの入った声とともに、竹刀を勢いよく振りおろす。竹刀が面に当たると思った瞬間、沙月が目の前からふっと消えた。

「ドオオオオッ！」

裂帛《れっぱく》の気合いがほとばしる。

気づいたときには胴を打ち抜かれていた。すばやい足さばきからの抜き胴が見事に決まったのだ。

（くっ……やられた）

完全に一本取られてしまった。

誘われるまま打ちこんで、逆に胴を打たれた。沙月はわざと隙を作って、勇次に面を打たせたのだ。

悔しいが力の差がありすぎる。何度やっても勝てる気がしない。しかし、沙月はすでに竹刀を構えていた。

勇次も急いで竹刀を構える。

すると、直後に沙月が距離を詰めてきた。鋭い踏みこみと同時に竹刀を勢いよく突き出す。

「ツキッ！」

かろうじて体をよじってかわす。しかし、沙月は攻撃の手を緩めることなく、再び竹刀を突き出してきた。

「ツキィィィィッ！」

突きの波状攻撃だ。

連続で突きが来るとは想定外だが、なんとか竹刀で払いのける。もう少し勢いがあれば避《よ》けきれなかっただろう。

さらに沙月が竹刀を振りあげたときだった。

突然、剣道場の引き戸が乱暴に開け放たれて、ドーンッという大きな音が響きわたる。そこには見知らぬ三人の男が立っていた。

2

見るからにガラの悪い男たちだ。

三人とも二十代半ばといったところだろうか。スキンヘッドと茶髪のロン毛、それにもうひとりは黒髪をオールバックにしている。そろって目つきが悪く、口もとに不敵な笑みを浮かべていた。

（なんだ、あいつら……）

誰かの知り合いというわけではなさそうだ。

いったい、何者だろうか。ひと目見ただけで、やばい連中だとわかる。なにやらおかしなことになってきた。

「どちらさまですか？」

沙月が怯むことなく声をかける。

面と小手を取るが、警戒して近づかない。ほかの部員たちも面を取って不安げな表情を浮かべていた。

「近所のもんだよ。ちょっと挨拶に来たんだ」

スキンヘッドの男が口を開く。剣道場に勝手に入り、ニヤニヤしながら部員たちを見まわした。

「へえ、かわいい子ばっかりだな」

茶髪男もヘラヘラ笑っている。いかにもチンピラといった風情だ。

「俺たちと遊ばねえか」

オールバックの男も唇の端を吊りあげている。

おそらく、三人は地元のヤンキーだろう。暇を持てあまして、女子大生たちをナンパしに来たのだ。

「ここは神聖な剣道場です。お帰りください」

沙月がきっぱり告げる。

主将としての責任感があるのだろう。男三人を前にして怖くないはずがないが、それでも堂々としていた。

「冷たいこと言うなよ。飲みに行こうぜ」

オールバックの男が沙月に歩み寄る。

すると気丈に振る舞っていた沙月があとずさりをはじめた。ほかの部員たちも怖がって震えている。

(あいつ、この間の……)

オールバックの男を見て、ふと思い出す。

先日、大浴場をのぞいていた不届き者に間違いない。暗かったので顔をはっきり見たわけではないが、髪形や雰囲気でピンと来た。

あのときから女子大生が泊まっていることを把握していたのだろう。

なんとかしないと危険だ。しかし、相手は三人もいる。こちら側の男は勇次ひとりで、しかも昔から喧嘩は苦手だ。到底、太刀打ちできると思えない。

「助けを呼んできてくれないか」

隣に立っている千夏に小声で話しかける。

女性に手伝ってもらうとは情けない。だが、ひとりで立ち向かったところで、勝ち目はないし、連中を逆上させてしまうかもしれない。部員たちの安全を考えたら、助けを呼びに行くしか手はなかった。

「外に出たら、宿とは反対方向に走るんだ」

小声で懸命に説明する。

剣道場のいちばん近くにあるのは漁師小屋だ。宿に戻るよりも早い。運がよければ漁師たちがいる。彼らに助けを求めるのだ。

「俺が連中の気を引くから、その隙に行ってくれ」

「わかりました」

千夏が小さくうなずく。

勇次は深呼吸をして気持ちを引きしめると、思いきって一歩踏み出す。すると、男たちの視線がいっせいに向けられた。

「今は稽古中だから、あとにしてくれませんか」

声が震えそうになるのを懸命にこらえる。

頬の筋肉がこわばってしまう。それでも引くわけにはいかない。千夏を行かせるために、わざと挑発的に男たちをにらみつけた。

「なんだ、おまえは」

「反抗的な野郎だな」

「どうして男がいるんだよ」

三人の目つきが鋭くなる。

今この瞬間、男たちの意識は勇次ひとりに集中していた。その隙に千夏が入口に向かう。連中は気づいていない。あと少しだ。

「稽古の邪魔だから、出ていけって言ってるんだ」

恐怖を押し殺して言い放つ。

すべては千夏を行かせるためだ。男たちの意識をできるだけ長く引きつけておきたかった。

やがて千夏が剣道場から抜け出すのが見えた。

あとは助けが来るのを待つだけだ。しかし、男たちの怒りは治まらない。挑発されて黙っているような連中ではなかった。

「おい、どういうつもりだ？」

スキンヘッドの男が迫ってくる。目の前まで来ると、剣道着の襟をつかんでグラグラと揺さぶられた。

「や、やめろ……」

恐怖を抑えられなくなり、声が情けなく震えてしまう。殴る勇気もなく、怒鳴られるままになっていた。

「いい加減にしなさい！」

そのとき、凛とした声が響きわたった。

沙月が切れ長の瞳で男たちをにらんでいる。竹刀を中段に構えて臨戦態勢を整えていた。

「おいおい、ねえちゃん。危ないからやめておきな」

茶髪男が鼻で笑い飛ばす。

その直後、沙月が鋭い踏みこみで一気に距離を詰めた。

「メエエエエンッ！」

気合いとともに竹刀が振りおろされて、男の脳天を直撃する。

遠い間合いから相手の虚を突いて面を打つ、飛びこみ面が炸裂したのだ。パアアアンッという打突の音が響いて、茶髪男が両手で頭を押さえた。

「痛っ……な、なにしやがる」

顔をしかめて逃げ腰になる。

すると、ほかのふたりがすばやく身構えた。左右にひろがり、沙月にじわじわと歩み寄る。

「この女、危険だな」

「舐めてるとやられるぞ」

スキンヘッドとオールバックが言葉を交わす。

茶髪男への飛びこみ面を見て、本気になったらしい。全身から殺気が漂いはじめていた。

「いくぞ」

「おうっ」

ふたりは視線を交わして同時に距離を詰める。

沙月はスキンヘッドの小手を打つが、オールバックには対処できない。そのまま抱きつかれて動きを封じられた。

「くッ……は、放しなさいっ」

激しく身をよじるが、男の腕力には敵わない。竹刀を使えなければ、三段の沙月でもか弱いひとりの女にすぎないのだ。

「放せって言われて、放すバカがどこにいるんだよ」

オールバックはニヤニヤ笑って抱きついている。

「やりやがったな。結構、痛かったぞ」

スキンヘッドは打たれた手をさすりながら沙月に歩み寄り、好色そうに舌なめずりした。さらに茶髪男も加わって、沙月に顔を寄せていく。

「お礼はたっぷりさせてもらうぞ」

「よし、ここでやっちまうか」

男たちが物騒なことを言い出す。

このままでは沙月が危険だ。ほかの部員たちは剣道場の片隅で震えている。彼女たちに期待はできない。

(俺がなんとかしないと……)

恐怖に押しつぶされそうになるが、懸命に気持ちを奮い立たせる。

剣道の腕が確かなら、竹刀を使って立ち向かうところだ。だが、勇次が竹刀を持ったところで高が知れている。かえって素手のほうが動きやすいので、なにも持つことなく男たちに突進した。

「うおおおおおッ！」

雄叫びをあげたのは恐怖を打ち消すためだ。

スキンヘッドと茶髪男に肩からぶつかって吹っ飛ばす。さらに振り向きざま、オールバックの顔面に右の拳をたたきつけた。

「うぐッ……」

男が呻いて沙月から手を放す。

思いのほか勇次のパンチが効いたらしい。手で鼻を押さえて、フラフラとあとずさりした。

「こ、この野郎……」

手の隙間から赤いものが見える。鼻血を出したらしい。ゆっくり立ちあがるが、警戒してすぐには襲ってこなかった。

(や、やったぞ……)

勇次の右の拳には確かな感触が残っている。

はじめて人を殴ったのだ。自分のやらかしたことに驚くと同時に、かつて経験したことのない高揚感を覚えていた。

しかし、これで終わった訳ではない。男たちは怒りのこもった目を向けている。こいつらが黙って引きさがるとは思えない。とにかく、助けが来るまで持ちこたえなければならない。

「大丈夫?」

沙月を背後にかばって声をかける。

怖くないと言えば嘘になる。しかし、なんとかして守りたいという強い気持ちが芽《め》生《ば》えていた。

「危ないから、みんなのところに行って」

「ゆ、勇次さん……」

沙月の声が震えている。

背後をチラリと振り返れば、唇が微かに震えていた。さすがに怖いのだろう。それでも足もとに落ちていた竹刀を拾いあげる。

「わたしも戦います」

沙月の口から驚きの言葉が飛び出す。そして、勇次の隣に進み出ると、竹刀を中段に構えた。

表情は引き締まり、恐怖を微塵も感じさせない。ガラの悪い男たちに襲われたというのに気丈に振る舞っている。主将として部員たちを守ろうとしているのだろう。本当に心の強い女性だ。

「無理はしないで」

「はい……」

小声で言葉を交わす。その直後、男たちが大股で迫ってきた。

「オラアアッ」

「ぶっ殺すぞっ」

オールバックと茶髪男が雄叫びをあげながら殴りかかってくる。

勇次はとっさに右の拳を突き出すが、今度は簡単にかわされてしまう。そして、茶髪男に左の頬を思いきり殴られた。

「ううッ……」

激しい痛みがひろがり、頭がクラッとする。足もとがフラつくが、なんとか倒れずに踏んばった。

隣では沙月とスキンヘッドが対峙《たいじ》している。竹刀の切っ先を向けられて、男は完全に怯んでいた。

「セイヤアアアッ！」

沙月の口から凄まじい気合いがほとばしる。

男が苦しまぎれに拳を振るう。しかし、沙月は冷静に体をさばくと、鋭い出小手で手首を打った。

「コテェエエッ！」

沙月の声が響きわたる。

その勇ましい姿を見て、勇次も気合いが入った。

沙月は必死に戦っているのだ。自分が足を引っ張るわけにはいかない。再びオールバックと茶髪男に立ち向かう。まぐれでもいいから一発当ててやろうと思って、双つの拳を振りまわした。

「うわっ」

「危ねっ」

男たちが慌ててステップバックする。

パンチは当たらなかったが、再び距離を取ることに成功した。

——弱気になると相手につけこまれる。

——絶対に弱気になってはならない。

——弱気を悟られた時点で負けだ。

兄に剣道の稽古をつけてもらったとき、さんざん言われてきたことが、今この状況で役立っていた。

「うおおおッ！」

再び拳をくり出そうとしたとき、剣道場の入口が騒がしくなった。

屈強な男たちが五、六人、雪崩《なだ》れこんでくる。そして、あっという間にヤンキーたちを取り囲んだ。

「悪さしてる連中ってのは、おまえらか！」

「こらしめてやるっ」

漁師小屋で作業をしていた漁師たちだ。

勇次も何人か知り合いがいる。気性は荒いが、心根はやさしい人たちだ。合宿中の女子大生たちが襲われていると聞いて、すぐ助けに来てくれたのだろう。三人のヤンキーたちは、なす術《すべ》もなく殴り飛ばされた。

「主将っ、勇次さんっ……」

千夏が心配顔で駆け寄ってくる。

目に涙をいっぱい溜めており、息がハアハア切れていた。必死に走ってくれたのだろう。おかげで被害は最小限に抑えることができた。

「千夏ちゃん、大変な役目を押しつけてごめん。助かったよ。ありがとう」

「いえ……ご無事でよかったです」

千夏は無理をして笑ってくれる。

普段はやさしくて少し頼りない感じもするが、さすがは副将だ。彼女のおかげでみんなが助かった。

「千夏ちゃん、ありがとう」

沙月が声をかけて抱きしめる。

すると、ついに千夏は泣きはじめた。緊張の糸が切れたのだろう。白い頰を真珠のような涙が流れていく。

「大丈夫……もう大丈夫よ」

沙月はやさしく千夏の背中を擦っている。ほかの部員たちも安堵したのだろう、すすり泣きが聞こえた。

沙月の目にも光るものが見える。部員たちを守れてほっとしているに違いない。それでも最後まで涙はこぼさず、ぐっとこらえていた。

三人のヤンキーたちは剣道場の隅で正座をさせられている。

漁師たちにこってり絞られて、名前と住所を紙に書かされた。顔がボコボコに腫れているのは見なかったことにする。今度やったら警察に突き出すと言われて、ヤンキーたちは土下座をして部員たちに謝罪した。

ようやく解放されると走って逃げていった。さすがに反省したに違いない。もう二度とここに現れることはないだろう。

3

まだ午後四時すぎだが、この日の稽古は早めに終了となった。

あんなことがあったのだから仕方がない。みんな動揺しているので、稽古どころではなかった。

部員たちが更衣室に向かって歩いていく。まだ涙を流している者もいるが、とにかくみんな無事でよかった。

(さてと、俺も着がえて帰るか……)

勇次も更衣室に向かおうとする。

今ごろになって筋肉痛だったことを思い出す。先ほどまで必死で忘れていたが、肩や腰にまだ痛みが残っていた。

「勇次さん、ちょっといいですか」

そのとき背後から呼びとめられて立ちどまる。振り返ると、まだ剣道着姿の沙月が立っていた。

「着がえないの？」

「その前にお礼が言いたくて……ありがとうございました」

沙月は腰を九十度に折って頭をさげる。そして、顔をあげると、勇次の顔をまっすぐ見つめた。

「勇次さんのおかげで部員たちを守ることができました。わたしひとりでは、どうすることもできませんでした。本当にありがとうございました」

いきなり丁寧に礼を言われてとまどってしまう。

これまで勇次に対して厳しい態度を取っていたので、あまりの豹変《ひょうへん》ぶりに驚きを隠せなかった。

「ど、どうしたの？」

「助けていただいたのだから、お礼を言うのは当然のことです。それに……」

沙月は途中で言いよどんで黙りこんだ。

なにやら思いつめたような顔をしている。いつもきっぱりしている彼女にしてはめずらしい。そして、一拍置いてから再び口を開いた。

「これまでのお詫びをしなければと思って……すみませんでした」

「いやいや、本当にどうしたの。謝ってもらうようなことはないよ」

またしても頭をさげられて困惑する。彼女の考えていることが、まったくわからなかった。

「勇次さんのことを誤解していました。どこか自信なさげに見えたので、本当は剣道の経験があまりないのかもと思っていたんです」

沙月は切れ長の瞳で見つめたまま打ち明ける。

ほとんど正解だ。勇次の剣道歴は浅く、コーチをできるような器《うつわ》ではない。それを最初から見ぬかれていたのだ。

「謝ることないよ。実際、俺の剣道の実力なんて――」

「本当に強い人は謙虚だといいます」

すべてを打ち明けようとした勇次の声は、沙月の言葉に遮られる。

「達人の域になると、決して強さを誇示することはないと聞いたことがあります」

「ちょ、ちょっと待って、俺は達人じゃないよ」

慌てて話を遮って否定する。

大きな勘違いをされているような気がしてならない。いったい、なにを言い出したのだろうか。

「まだ達人ではないかもしれませんが、勇敢な方だというのはわかりました」

まっすぐ見つめられて動揺してしまう。

冗談でも勇敢などと言われたことはないが、沙月はあくまでも真剣だ。これまでの冷たい態度から一転して、尊敬すら感じられた。

「なんか勘違いしてるんじゃないかな……ほら、さっきの地稽古でも、主将のほうが圧倒してただろ。俺は押されっぱなしだったよ」

勇次の攻撃はまるで当たらず、出小手で一本取られている。そのあとも、なにもできないままだった。

「ブランクがあるのだから当然です。でも、迷わずに打ちこんでくるのは、さすがだと思いました」

最初に面を狙ったときのことを言っているのだろう。あんなことができたのは、勝てるはずがないと開き直っていたからだ。それにあれは沙月があえて隙を作って打たせたのだ。

「俺はまんまと作戦に乗せられただけだよ」

「わかっています。わざと騙《だま》されたフリをしてくれたのですよね」

「えっ、違うって……」

「あんな見えみえの手にひっかかるはずがありません。そこを迷いのない踏みこみで攻められて内心焦りました」

沙月は静かに熱く語りつづける。

彼女の分析は的外れだ。完全に勘違いしているが、今はなにを言っても無駄な気がした。

「俺も礼を言わないといけないね。俺ひとりでは、あいつらにやられてた。主将がいてくれて助かったよ。ありがとう」

勇次もあらたまって頭をさげる。

実際、ひとりでは立ち向かう勇気すら萎《な》えていただろう。隣で沙月が勇ましく戦っていたから、最後までがんばることができたのだ。

「ご丁寧にありがとうございます。ところで、あのときどうして竹刀を使わなかったんですか？」

沙月が首をかしげて尋ねる。

それは剣道が弱いからだ。沙月ほどの実力者なら竹刀を持ったほうが強いが、勇次程度の腕だとかえって邪魔になる。ただそれだけのことだが、伝えたところで信じてもらえるだろうか。また誤解を生むような気がして、どう説明するべきか考えこんでしまう。

「もしかしたら、あえて剣道を封印したということですか。剣道を喧嘩の道具には使いたくなかったのですね」

勇次が黙っていると、沙月は勝手に解釈する。そして、感心したように何度もうなずいた。

「さすがです……わたしとはレベルが違ったのですね」

「い、いや……ははは」

もはや笑うしかなかった。

冷静に見えるが、今は沙月も興奮状態なのだろう。落ち着いてから、あらためて説明しようと思う。

そんなやり取りをしている間に、ほかの部員たちは着がえを終えて、次々と宿に戻っていった。

いつしか剣道場に残っているのは、勇次と沙月だけになっていた。

「そろそろ、俺たちも着がえようか」

今日は早く稽古が終わったので夕飯まで少し時間がある。沙月は風呂に入りたいのではないか。そう思ったのだが、沙月は動こうとしなかった。

「お願いがあるんですけど……」

なにやら歯切れが悪い。よほど頼みにくいことだろうか。

（稽古とか言い出すんじゃないか……）

それなら引き受けることはできない。

沙月のほうが、はるかに実力が上なのだ。勇次は内容を聞く前から、断る理由を考えはじめていた。

4

「稽古をつけてもらえませんか」

沙月はなぜかもじもじしながら申し出た。

思っていたとおりだ。勇次のことを誤解している。先ほどの話の流れから、こうなることは予想できた。

「申しわけないけど、宿の仕事があるんだ」

「今日はいつもより早いから、少し時間がありますよね」

沙月はまったく引きさがろうとしない。前のめりになっており、簡単にはあきらめそうになかった。

「晩ご飯の支度があるから――」

「どうか、性の稽古をつけてください」

勇次の言葉を遮って、沙月が大きな声で言った。

今、性の稽古と言った気がするが、聞き間違いだろうか。沙月がそんなことを言うはずがない。念のため確認するつもりで目を見つめると、沙月はおどおどと視線をそらした。

「……じつは男性のことが苦手なんです」

しばらく無言でいたが、沙月が言いにくそうに切り出した。

なにやら深刻な表情だ。まったく予想していない展開になってきた。勇次は相づちを打つこともできずに立ちつくした。

「昔つき合っていた彼氏のセックスが乱暴だったんです」

まさか沙月の口から、そんな話題が出るとは驚きだ。過去のいやな出来事を思い出しているのか、クールな美貌が苦しげに歪んでいた。

「そのせいで――」

「ちょっと待って。とりあえず座ろうか」

立ったままする話ではない。いったん話を中断すると、ふたりは剣道場の中央で向かい合って正座をした。

「その彼氏がとにかく乱暴で……そのせいで男性に対して嫌悪感を抱くようになったんです。もちろん、とっくに別れました」

「どうして、そんな男と……」

素朴な疑問が湧きあがる。

沙月は冷静沈着でまじめな性格だ。悪い男に騙されるとは思えない。どこでそんな男と知り合ったのだろうか。

「田舎《いなか》育ちなので大学に受かって上京して、浮かれていたんだと思います。サッカー部の先輩に告白されてつき合いはじめました」

大学生になってすぐのことだという。

剣道部に入って、体育会系クラブの合コンがあったらしい。そこで知り合ってつき合うことになり、その男に処女を捧げたという。

「でも、最低の人でした。それで男性が苦手になってしまったんです」

沙月の告白を聞いて納得する。

最初から勇次に対して冷たかった。剣道の実力があったとしても、厳しい態度は変わらなかったのだろう。

「大学の間は彼を作らず、剣道に打ちこむと決めました。でも、このままずっと男性不信が治らなかったらどうしようって心配だったんです」

交際期間は三カ月ほどだという。

どうして、もっと早く別れなかったのだろうか。彼氏が暴力的だったので、別れたいと言い出しづらかったのかもしれない。

とにかく、沙月のダメージは深刻なようだ。こうして話している間も視線が定まらない。ふだんとは別人で落ち着きをなくしている。気丈に振る舞っているが、心に深い傷を負っていた。

「大変なことがあったんだね」

彼女の気持ちを思うと、なんとかしてあげたくなる。だが、自分にできるのは、こうして話を聞くことくらいだ。

「やさしい人に出会えたら、お願いしようと思っていたんです」

「お願いって？」

「いやな記憶を上書きしないと、前に進めないから……だから、性の稽古をつけてください」

沙月の目には涙が溜まっている。

きっとこうして話すのも勇気が必要だったに違いない。彼女の気持ちを思うと、突き放すことなどできるはずがなかった。

「でも、なにをすれば……」

「一度だけ相手をしてください」

沙月はそう言うと、正座をしたままにじり寄る。そして、勇次の膝に手のひらをそっと重ねた。

「ダメですか？」

じっと見つめられると、それだけで胸の鼓動が速くなる。

「ダ、ダメじゃない……」

ほとんど反射的に答えていた。

「よかった。勇次さんなら、きっと協力してくれると思いました」

安堵したのか沙月の顔に笑みがひろがる。そして、勇次の袴に包まれた膝から太腿にかけてを撫でまわした。

「なにからすればいいですか？」

「そうだな……」

ただセックスするだけでは性の稽古にならない。

別れた彼氏は相当ひどい男だったようだ。沙月はその男しか知らないのだから、まともなセックスは経験していないかもしれない。

「まずは道具の手入れからだな」

「道具の手入れ？」

「剣道でも竹刀や木刀を大切に扱うことを教わるだろう。まずはこいつの扱いかたを覚えるんだ」

勇次は剣道着と袴を脱いで裸になると、剣道場の中央で仰向けになる。

恥ずかしいがそんなことは言っていられない。これは沙月を助けるためだ。羞恥を押し殺してすべてをさらした。

「だ、大胆ですね……」

沙月が困惑の声を漏らす。

視線は勇次の股間に向いている。まだ柔らかいペニスを興味津々《しんしん》といった感じで見つめていた。

「そんなにめずらしくないだろ」

「硬くなっていないところを見るの、はじめてなんです」

「えっ、彼氏の見たことないの？」

「見るときは、いつも興奮していたから……」

沙月の表情が曇る。

またいやなことを思い出させてしまったらしい。だが、こうしてひとつずつ克服していくしかないだろう。

「呼び出されて部屋に行くと、いきなり口でするように言われるんです。そうすると強引に喉の奥まで……」

おそらく口を性器のように使われていたのだろう。

ＡＶなどでよくあるイラマチオというやつだ。沙月がそんなひどい扱いを受けていたと思うと、胸が締めつけられるように苦しくなった。

「そんなことはしなくていいんだよ。好きなように触ってみて」

できるだけやさしく告げる。別れた彼氏のやっていたことは、すべて間違いだと教えてあげたかった。

「はい……失礼します」

沙月は正座をしたまま、勇次の股間に手を伸ばす。そして、まだ柔らかいペニスに指をそっと巻きつけた。

「フニャフニャしてます」

「これが普通の状態だよ。触ってると、すぐに大きくなるよ」

そう言っている傍《そば》からペニスはむくむくとふくらみはじめる。瞬《また》く間に竿が太くなり、亀頭が水風船のように張りつめた。

「すごい……」

沙月が目を見開いてつぶやく。

ペニスが勃起していく過程をはじめて目にしたのだ。どこか楽しそうにペニスをしごきはじめた。

「どんどん大きくなってます」

「沙月ちゃんの愛撫が上手だからだよ」

ふだんは主将と呼んでいるが、思いきって名前で呼んでみる。今はそのほうが合っている気がした。

「口でしたほうがいいですか？」

「いやだったら、やらなくてもいいんだよ。男に従う必要なんてないんだ」

「やっぱりやさしいですね」

沙月はうれしそうに目を細める。そして、正座の姿勢で上半身を伏せると、ペニスの先端に顔を近づけた。

「うっ……」

亀頭にキスされて、思わず小さな声が漏れる。

さらに舌先で亀頭をねっとり舐められると、甘い刺激がひろがっていく。ペニスから腰にかけてがじんわりと熱くなった。

「さ、沙月ちゃん……無理をしなくていいんだよ」

「わたしが舐めたいから、やってるんです」

そう言うと、唇を亀頭にかぶせる。

ペニスの先端が口内に収まった。トロトロの口腔粘膜に包まれて、またしても快感の波が押し寄せる。

竿に柔らかい唇が密着しており、先端には唾液を乗せた舌が這いまわる。別れた彼氏に仕込まれたのだろう。愛撫のテクニックは完璧だ。ペニスはあっという間に唾液にまみれて、溶けそうな愉悦が湧きあがる。我慢汁が溢れるが、沙月は当たり前のように吸い出して嚥下《えんげ》した。

「ンっ……ンっ……」

やがて首をゆったり振りはじめる。

硬くなった竿を柔らかい唇でしごかれるのがたまらない。しかも、奥まで呑みこむため、亀頭が喉で締めつけられるのだ。

「くうぅッ……そ、そんなに奥まで呑みこまなくても大丈夫だよ」

心配になって声をかける。

無理をしているのではないか。そう思ったのだが、沙月はいったんペニスから口を離すと、余裕のありそうな笑みを浮かべた。

「これくらいは、なんともないです」

「そうなんだ……すごいね」

「慣れてますから……はむンンっ」

沙月は再びペニスを咥えると、ねっとりしゃぶってくれる。

「ううッ……」

首を振りつつ、吸茎して我慢汁を飲みくだす。それをくり返されると、すぐに射精欲がふくれあがった。

「も、もういいよ。それくらいにしておこうか」

慌てて声をかける。

この調子でつづけられたら、すぐに我慢できなくなってしまう。暴発したら性の稽古どころではなかった。

沙月はペニスを吐き出すと正座をする。

剣道着姿だが淫らな気分になっているらしい。瞳がしっとり濡れており、頬が桜色に染まっている。半開きになった唇からは乱れた息が漏れていた。

「今度は俺が……」

勇次は身体を起こすと、沙月の剣道着を脱がしにかかる。

前をそっと開けば、白いブラジャーに包まれた乳房が露になった。上着を取り去って、ブラジャーのホックをはずす。カップをずらすと、張りのあるたっぷりした乳房がタプンッと揺れた。

「大きいな……」

思わずつぶやくほどの量感だ。

白くてなめらかな肌が大きく盛りあがり、先端では鮮やかなピンク色の乳首が揺れている。剣道をやっているときは凛としているが、乳房を剝き出しにした姿はため息が漏れるほど色っぽい。そのギャップが勇次の興奮を煽《あお》り立てた。

「恥ずかしい……」

沙月は顔をまっ赤に染めて、両手で乳房を覆い隠す。そうやって恥じらう姿も、牡の欲望を刺激した。

「横になろうか」

気持ちがはやり、我慢できなくなってくる。

女体を床に横たえると、さっそく袴の腰紐をほどく。そして、袴をゆっくり引きさげれば白いパンティが見えてきた。

「丁寧なんですね」

沙月がぽつりとつぶやく。

脱がしかたのことを言っているのだろう。普通だと思うが、彼氏は乱暴に脱がしていたのかもしれない。それを思うと、なおさら丁寧にしてあげたくなった。

袴を足から抜き取り、パンティに指をかける。

じわじわ引きおろしていくと、陰毛がふわっと溢れた。白い恥丘と黒々とした陰毛のコントラストが艶《なま》めかしい。きれいな逆三角形に手入れされた陰毛が、肉厚の恥丘を見事に彩っていた。

パンティも脱がせば、沙月は生まれたままの姿になった。

両手で乳房をゆったり揉みあげる。指先を柔肉にそっと沈みこませて、乳輪をそっとなぞる。円を描くように撫でるが、まだ乳首には触れない。じっくりした愛撫で焦《じ》れるような刺激を送りこんでいく。

「そ、そんなにやさしくされたら……」

沙月の唇から困惑の声が漏れる。

「こういうのは、はじめて？」

「は、はい……すぐに挿《い》れられてたから……」

ろくに前戯をされていなかったのだろう。それなら、なおさら愛撫で感じさせてあげたかった。

乳輪をさんざん焦らしてから、乳首をそっと摘まみあげる。指先でやさしく転がせば、女体がビクビクと敏感に反応した。

「ああんっ……」

沙月が甘い声を漏らして身をよじる。

感じているのは明らかだ。眉をせつなげに歪めて腰をよじり、内腿をもじもじと擦り合わせた。

勇次は乳房に顔を寄せると、硬くなった乳首をネロリと舐めあげる。さらには口に含んで、唾液をたっぷり塗りつける。そして、ジュルジュルと音を立てて吸いあげれば、女体に小刻みな痙攣が走り抜けた。

「はンンっ、ダ、ダメですっ」

「こういうのは嫌いだった？」

「き、嫌いではないです……ただ、はじめてで……」

沙月は困惑している。

まともな愛撫を受けるのは、これがはじめてなのだろう。己の身体の反応にとまどっていた。

「気持ちよかったら声を出してもいいんだよ」

「で、でも……ああンっ」

乳首を甘噛みすると、女体が仰け反って喘ぎ声が溢れ出す。

だが、声を出すのが恥ずかしいらしい。沙月は顔をまっ赤にして、すぐに下唇を強く噛みしめた。

（もっと感じさせたい……）

勇次は彼女の下半身に移動すると、脚を左右に開いていく。

露になったサーモンピンクの陰唇は、すでに大量の華蜜で濡れている。愛撫を受けて感じた証拠だ。すぐにでも挿入できる状態だが、顔を寄せると舌先で割れ目を舐めあげた。

「はあンっ、そ、そんなところ……」

またしても沙月が困惑の声を漏らす。

クンニリングスもはじめてらしい。それならばと丁寧に二枚の陰唇を交互に舐めあげて、膣口に舌先を埋めこんだ。

「あああッ、ゆ、勇次さんっ」

喘ぎ声と同時に華蜜がどっと溢れ出す。

性器を舐められる快感は強烈らしい。声を抑えることができなくなり、膣口が収縮して勇次の舌先を締めつけた。

「ああッ、ダ、ダメです、あああッ」

「遠慮しなくていいんだよ。もっと感じていいんだ」

ここぞとばかりに女陰を舐めまわして、膣口を思いきり吸いあげる。女体の震えが大きくなり、ついには仰け反って硬直した。

「はううッ、ダ、ダメっ、あああッ、はあああああああッ！」

一拍置いてガクガクと痙攣する。

ついに昇りつめたらしい。愛蜜の分泌量が尋常ではない。沙月は歓喜の涙を流しながら快感に酔いしれた。

おそらくアクメもはじめてではないか。自分勝手な男に処女を捧げて、短期間とはいえもてあそばれた。そんな沙月を少しでも癒してやりたい。そんな思いで女陰をじっくり舐めあげた。

5

「どんな体位でやってたの？」

絶頂の余韻を嚙みしめている沙月に問いかける。

クンニリングスによる絶頂は与えたが、セックスでもしっかり感じさせたい。そうすることで、つらい過去を快感で上書きしたい。できれば彼氏がやっていたのと同じ体位で、しっかり絶頂させたかった。

「うしろから……いつもメチャクチャに……」

沙月が小声で教えてくれる。

どうやら別れた彼氏はバックが多かったらしい。おそらく自分勝手なセックスで女体を貪っていたのだろう。

(それならバックだな……でも、その前に……)

勇次は沙月の隣で仰向けになる。

どうしても試してみたいことがあった。稽古中の沙月の姿を見て、密かに妄想していたことだ。

「騎乗位はやったことある？」

「ないです……」

「やってみようか。俺の股間をまたいで立つんだ」

勇次が提案すると、沙月はゆっくり立ちあがる。そして、仰向けになっている勇次の股間をまたいだ。

「こうですか？」

「いいよ。そのまま蹲踞をするようにしゃがんでみて」

声が興奮で震えそうになる。

沙月の美しい蹲踞を見て、密かに騎乗位を妄想していた。身体がいっさいブレない理想的な蹲踞だ。あの真下に自分が横たわっていたら、そしてペニスを勃起させていたら、騎乗位でつながることができるのではないか。そんな妄想が今まさに現実になろうとしていた。

「恥ずかしいけど、勇次さんが言うなら……」

沙月は腰をゆっくり落としはじめる。

膝は肩幅ほどに開いているため、仰向けになっている勇次の位置から陰唇がチラチラ見えた。

膝を曲げて腰を落としていくと、やがて陰唇がそそり勃《た》ったペニスの先端に押し当てられる。陰唇を濡らしていた華蜜がヌチャッと音を立てて、沙月の顎がピクッと跳ねあがった。

「あ、当たってます」

「そのまま腰を落として、ゆっくりでいいよ」

安心させるように、やさしく声をかける。

沙月はこっくりうなずき、膝をさらに曲げて腰を落とす。すると、亀頭に押し当てられた陰唇がクパッと開いた。

「あああッ、お、大きいっ」

ペニスの先端が膣に沈みこんで、沙月の唇から喘ぎ声が溢れ出す。

両足の裏を床につけた騎乗位でつながったのだ。さらに沙月が腰を落とせば、二枚の陰唇を巻きこみながらペニスがどんどん埋まっていく。膣口が収縮して、竿を思いきり締めつけた。

「くううッ……」

股間を突きあげたい衝動が押し寄せる。

だが、勇次が下手に動けば、彼氏の乱暴なセックスを思い出させてしまうかもしれない。ここは沙月が自分の意思で動くことで、セックスがどれほど甘美なものであるかを知ってほしかった。

「わたしのなか、勇次さんでいっぱいです……ああンっ」

沙月は腰を完全に落として、勃起したペニスを根もとまで受け入れた。

仰向けになった勇次の上で、蹲踞の姿勢を取ったのだ。体幹がしっかりしているため、いっさいブレることはない。背筋がすっと伸びており、さすがの安定感だ。これほど美しくて卑猥な蹲踞は、めったに見られるものではない。

「好きに動いていいよ」

突きあげたい衝動をこらえて告げる。

すると沙月は両手を勇次の腹について、腰をゆったりまわしはじめた。円を描くような動きで膣とペニスをなじませる。愛蜜と我慢汁がまざることで、湿った音が聞こえてきた。

「ううっ、その調子だよ」

「わたしが動くなんて……はああンっ」

沙月はためらいながらも目を細める。

強引にペニスを突きこまれるセックスしか知らなかったのだ。ゆったり動くことで快感を嚙みしめている。やがて円運動から前後の動きへと変化していく。陰毛同士を擦りつけるようにネチネチと腰を振る。

「くううっ……そうだよ、自分が気持ちよくなるように動くんだ」

「あっ……あっ……」

切れぎれの喘ぎ声が溢れて、どんどん昂っていく。

愛蜜の量も増えており、いつしか結合部分はグッショリ濡れている。ペニスと膣の滑りがよくなって、勇次が受ける快感も大きくなった。

「もっと動いてもいいですか？」

「もちろんだよ。沙月ちゃんの好きにしていいんだ」

勇次は自分が動きたいのをこらえて答える。

すると、沙月は小さくうなずいて、腰を上下に動かしはじめた。蹲踞の姿勢で膝の屈伸を利用した腰振りだ。たっぷりした乳房もタプタプ揺れて、視覚的にも欲望が刺激された。

「ああッ、すごく擦れてます」

「感じてるんだね。ううう ッ、俺も気持ちいいよ」

沙月が喘いで勇次も唸る。

結合部分から響いている、クチュッ、ニチュッという湿った音が大きくなる。ペニスが出入りをくり返して、快感が一気にアップした。

「あああッ、も、もっと……もっと……」

懸命に腰を振るが、なかなか達することができずにいる。沙月はもどかしそうな表情を浮かべて、尻を勢いよく打ちおろす。しかし、快感は得られるものの、昇りつめることはできなかった。

「体位を変えてみようか」

そろそろ限界だと思って提案する。

沙月は今日はじめて自分で腰を振ったのだ。まだコツをつかんでいないので、アクメに達するのはむずかしい。剣道の稽古と同じで上達に近道はない。今日はこれくらいにしておいたほうがいいだろう。

「沙月ちゃんさえよければ、バックはどうかな。悪いイメージがあるかもしれないけど、激しくしなければ大丈夫だと思うんだ」

言葉を選んで慎重に説明する。

強要するつもりはない。沙月が望まないことはやらないつもりだ。そんな勇次の気持ちが伝わったのか、沙月はこくりとうなずいた。

「やさしくしてください……」

「もちろんだよ。四つん這いになってくれるかな」

「はい……」

沙月は恥じらいながらも這いつくばる。

頭を低くすると、顔を横に向けて床につけた。そうすることで、尻の位置がより高くなる。勇次が言ったわけでもないのに、沙月は自らその姿勢を取ったのだ。おそらく別れた彼氏に教えられたのだろう。

(なんて、いやらしい格好なんだ……)

勇次は沙月の背後で膝立ちになり、高く掲げられた尻を見おろした。

白い尻たぶは、搗《つ》き立ての餅のようになめらかだ。ほとんど無意識のうちに両手を伸ばすと、双臀をゆったり撫でまわす。そして、臀裂を割り開いて、サーモンピンクの陰唇を剥き出しにした。

騎乗位でさんざん腰を振ったので、大量の華蜜が溢れている。そこに勃起したペニスの切っ先を押し当てた。

「あああッ……」

沙月の唇から喘ぎ声が溢れ出す。

すでにほぐれている膣口は、いとも簡単に男根を受け入れる。巨大な亀頭がズブズブと沈みこんで、野太い竿の部分も根もとまで入っていく。バックで完全につながったのだ。

「ううっ……全部入ったよ」

「はあンっ……やっぱり大きいです」

「沙月ちゃんのなか、すごく熱くなってる」

ペニスに膣の熱気を感じる。

今度は勇次が動く番だ。しかし、沙月は彼氏に乱暴にされたつらい過去がある。欲望にまかせて腰を振るわけにはいかない。沙月の反応を見ながら、しっかり感じさせてあげるつもりだ。

「ゆっくり動くからね」

安心させるように声をかけると、くびれた腰をつかんでピストンを開始する。スローペースでペニスを出し入れすれば、すぐに甘い感覚がひろがった。

「ああンっ……そ、そんなにゆっくり」

「これなら、元カレみたいに痛くないだろ？」

女体をいたわるソフトな抽送を心がける。先ほどの騎乗位よりも、むしろこちらのほうがやさしいくらいだ。

「はああンっ……い、痛かったわけではないんです」

「違うの？」

「乱暴なのがいやだっただけで……ああンっ」

スローペースのピストンで喘ぎながら沙月がつぶやく。

彼氏のセックスは乱暴だったが、痛いわけではなかったという。わかるようでわからない。今ひとつ釈然としなかった。

よくわからないまま、腰をゆったり振りつづける。すると、沙月が振り返り、濡れた瞳で勇次の顔を見つめた。

「お、お願いです……やさしくしないでください」

遠慮がちなつぶやきだが、希望はしっかり伝わった。

彼女のためだと思って、抽送速度を抑えていた。しかし、どうやらそれは間違いだったらしい。

(もしかしたら……)

ようやくわかった気がする。

交際期間は三カ月だったと聞いて、なにか不自然な感じがした。沙月の性格だったら、すぐに別れそうなものだと思った。それでもつき合っていたのは、激しいピストンが気に入っていたからではないか。

(だから、すぐに別れなかったのか……)

そういうことなら、遠慮する必要はないのかもしれない。それどころか、彼女は激しいピストンを望んでいるのだ。

「動くよ。いやだったら言うんだよ」

返事を待たずに腰を振りはじめる。沙月の反応を見ながら、徐々にスピードをあげていく。

「ああッ……あああッ」

沙月の喘ぎ声が大きくなる。ペニスを埋めこむたびに膣がうねり、ギリギリと締めつけられた。

「ううッ、す、すごいっ」

もう腰の動きがとまらない。さらに激しくペニスを突き立てる。体重を浴びせるようにしてガンガンと奥までたたきこむ。

「あああッ、い、いいですっ」

「こ、これがいいんだね」

「もっと……もっと突いてくださいっ」

沙月が尻を左右にくねらせて懇願する。

その言葉で地稽古のときの突きを思い出した。沙月が放った突きの連打は強烈だった。きっとあれくらいの勢いで突いてほしいのだろう。

「それじゃあ、いくよ」

くびれた腰をつかみ直すと、気合いを入れたピストンを開始する。突きを放つつもりで、ペニスを連続で激しくたたきこんだ。

「ああッ……ああッ……す、すごいですっ」

沙月の唇からあられもない声が溢れ出す。

やはり激しいピストンが好きらしい。高く掲げた双臀をブルブル震わせながら感じている。背中を仰け反らせて、ペニスを思いきり締めつけた。

「ううッ……」

たまらず呻き声が漏れる。

我慢汁がとまらない。今にも昇りつめそうなのを懸命にこらえながら腰を振る。沙月と同時に達したい。その思いで奥歯を食いしばり、射精欲を抑えつけてペニスを出し入れした。

「はあああッ、も、もうっ……もうイキそうですっ」

「お、俺もだ……くうううッ」

「あああッ、ダ、ダメですっ、そんなに激しく、あああッ、ダメぇっ」

沙月が切羽つまった声で告げる。その直後、這いつくばった女体が凍えたようにガクガクと震え出す。

「はあああッ、イ、イクっ、イキますっ、あぁあああああああああッ！」

ついに沙月が艶めかしい声を振りまきながら昇りつめる。

背中がさらに反り返り、膣が猛烈に収縮した。無数の膣襞がペニスにからみついたと思ったら、奥へ引きこむように波打った。

「くおおッ、き、気持ちいいっ、おおおッ、ぬおおおおおおおッ！」

勇次も雄叫びをあげながら精液を噴きあげる。

ペニスを根もとまで突きこんだ状態で、欲望を一気に解放した。女壺が男根をマッサージするようにうねることで、噴き出す精液の量が倍増する。沙月の背中に覆いかぶさり、媚肉のなかで射精する快楽にどっぷり浸った。

第五章　最後の夜だから

1

白河女子大学剣道部の合宿はついに最終日を迎えた。

この日、勇次は朝練を休んだ。さすがに疲労が蓄積しており、どうしても起きることができなかった。

いや、本当の理由は別にある。沙月と顔を合わせづらくて、目が覚めていたにもかかわらず朝練に参加しなかったのだ。

昨日の午後、剣道場で沙月と抱き合った。

過去のつらい話を聞いて、心の底から同情した。そして、なんとかしてあげたいという気持ちが芽生えた。自分なりに考えて、できるだけやさしく抱いたつもりだ。ところが、すべてが終わったあと、沙月の態度は豹変した。

勇次に背中を向けて身なりを整えると、逃げるように更衣室に向かった。

それきり、どんなに呼びかけても返事すらしてくれなかった。ドアに鍵をかけて更衣室から出ようとしなかった。

仕方なく勇次はひとりで宿に戻った。

なにがまずかったのか、どんなに考えてもわからない。ほとんど寝ることができないまま、気づくと窓の外が明るくなっていた。

朝練はさぼったが、宿の仕事はしっかりやった。

朝食の後片づけを手伝って、宿の掃除をてきぱきこなした。忙しくしていなければ思い悩んでしまう。だから、自分から仕事を見つけて、一瞬たりとも暇な時間を作らないようにした。

合宿初日から沙月が冷たい態度だったときは、ここまで気にならなかった。嫌われているなら仕方ないとあきらめていた。

ところが今は胃が痛くなるほど気になっている。

セックスをしたことで情が移ったのかもしれない。いや、単に同情しているだけだろうか。いずれにせよ、女性として見ているのは事実だ。自分でも意外だったが、惹かれる気持ちが芽生えていた。

剣道部員たちは明日帰ることになっている。つまり沙月ともお別れだ。それを考えると胸が苦しくてたまらなくなった。

午後の稽古には足を運んだ。

だが、軽く素振りをしただけで、そのあとはずっと見ているだけだった。自然と沙月に目が向いてしまう。

竹刀を振る沙月は凛々《りり》しかった。

いっさいブレない太刀筋に惚れ惚れ《ほぼ》して、鋭い足さばきに感心した。そして、面を取ったときのクールな美貌に思わず見とれた。

だが、沙月はまったく見てくれなかった。

こんなにも目が合わないのは不自然だ。やはり意識的に勇次を避けているとしか思えなかった。

(どうしてだよ……)

思わず心のなかでつぶやく。

昨日、裸で抱き合ったときは、かつてない高揚感を覚えた。気持ちまでひとつになった気がして昂った。きっと沙月も同じ気持ちだと思っていた。それなのに目も合わせてくれないのだ。

自分から話しかける勇気もなく、午後五時を迎えた。

稽古が終了して、沙月と過ごす時間はどんどん減っていく。なんとかしたいが、どうして嫌われたのかわからない。淋しさがこみあげるが、話しかけるきっかけがつかめなかった。

2

勇次は夕飯の後片づけを終えると剣道場に向かった。

夕飯のとき香菜子に声をかけられたのだ。お礼をしたいから剣道場に来てほしいとのことだった。

お礼をするだけなら宿でもできるのではないか。呼び出された場所が、一度セックスをした剣道場というのも意味深だ。なにより、ほかの部員たちに聞こえないように耳打ちしてきたので、もしやという気持ちが湧きあがっている。

（どうせ、沙月ちゃんには相手にされてないし……）

捨《す》て鉢《ばち》な気持ちになっていたのも事実だ。

仮に話をするだけでも、少しは気持ちが晴れるのではないか。そう思って、潮の香りがする夜道を急いだ。

午後八時五分、剣道場に到着した。

約束の時間を五分すぎてしまったが、香菜子はいるだろうか。引き戸をそっと開けると、香菜子は神棚の前で正座をしていた。

なぜか濃紺のスーツに身を包んでいる。

正座をしているのでタイトスカートの裾がずりあがり、ストッキングに包まれた膝がチラリとのぞいていた。

「来てくれたのね」

香菜子はこちらを見ると、やさしげな笑みを浮かべる。

その顔を見ただけで、来てよかったと思う。スーツを着ていると、いかにも先生という感じがした。

「遅くなってすみません」

勇次は頭をさげながら剣道場に足を踏み入れる。少し緊張しながら歩み寄ると、香菜子は立ちあがって迎えてくれた。

「忙しいのにごめんなさいね」

「いえいえ、全然大丈夫です」

言葉を交わすと、なんとなく神棚に向かって一礼する。そうするのが習慣になっていた。

夜の剣道場は空気がいっそう澄んでいる。シーンと静まり返っており、香菜子の心臓の音まで聞こえそうだ。黒髪から甘いシャンプーの香りがして、誘うように鼻腔をくすぐった。

「合宿中はお世話になりました。昨日はわたしがいないときに大変なことがあって、本当に助かりました」

香菜子が深々と頭をさげる。

あらたまって礼を言われると照れくさい。無我夢中だっただけで、たいしたことはできなかった。

「俺なんてなにも……」

沙月がいたから自分もがんばることができた。

あの一件でふたりは急接近した。それなのに、今はまた距離が開いてしまった。それを思うと、またしても胸が苦しくなった。

「救われたのは部員たちだけではないわ。わたしも、勇次くんに救われたの……」

香菜子はそこでいったん言葉を切る。そして、心のなかを整理したのか、一拍置いて再び口を開いた。

「夫と別れることにしたの」

衝撃的なひと言だった。

やり直す方向に向かってくれたらと願っていた。だが、結果は真逆だった。勇次と不貞を働いたことで、踏ん切りがついたらしい。最後のチャンスを与えるつもりで夫にメールを送ったという。

「今後について話し合いましょうって書いたの。不倫のことも知ってるからって……それなのに夫は認めようとしなかった。もう愛想が尽きたわ」

香菜子の口調は意外にさばさばしている。

すでに心は決まっているのだろう。帰宅したら不倫の証拠集めをして、慰謝料を請求するつもりだという。

「そうだったんですか……」

答える声が沈んでしまう。

なんとなく悪いことをした気分だ。

自分と不貞を働いたせいで、香菜子は離婚することになったのではないか。そんな気がして胸が痛んだ。

「勇次くんが踏み出す勇気をくれたのよ」

香菜子が勇次の手を握りしめる。

「ありがとう。これで新しい人生を歩んでいける。勇次くんに出会わなかったら、このままズルズル行っていたわ。そうなったら、絶対後悔すると思う」

その言葉を聞いて、勇次の心も救われた気がした。

「先生がよかったのなら、俺もよかったです」

「それでね。最後にお礼がしたいの……」

香菜子が身体をすっと寄せる。なにをするのかと思えば、勇次の首に腕をまわして口づけした。

「ンっ……」

微かに吐息を漏らしながら、柔らかい唇を重ねている。

勇次は突然のことに身動きできず、唇の甘美な感触に呑みこまれていく。

香菜子の舌先が唇を割り、口内にヌルリと入ってきた。歯茎や頬の内側をねちっこく舐められて、やがて舌をからめとられる。やさしく吸われると、それだけでペニスが芯を通しはじめた。

「ふふっ……硬くなってきた」

香菜子がうれしそうにつぶやく。

スウェットパンツの股間のふくらみが、香菜子の下腹部を圧迫している。硬さを感じ取って、意識的にグリグリ刺激してきた。

「勇次くんのセックス、すごく素敵だった……」

香菜子はそう言うと、目の前でひざまずく。そして、勇次のスウェットパンツとボクサーブリーフをまとめて引きさげた。

「ああっ、やっぱり大きいわ」

熱い吐息が亀頭に吹きかかる。

己の股間を見おろせば、勃起したペニスの前に香菜子の顔が迫っていた。唇が今にも亀頭に触れそうだ。それを見ただけで、一気に期待がふくらんで我慢汁がどっと溢れ出した。

「すごく濡れてきた。垂れたらもったいないわ」

香菜子はそう言うなり、舌先で亀頭をネロリと舐めあげる。途端に痺れるような快感がひろがった。

「くううッ……」

全身にビクッと力が入る。

間髪を容《い》れず香菜子の唇が亀頭に覆いかぶさった。ぱっくり咥えたと思ったら、ズルズルと呑みこまれていく。

「い、いきなり……おおおッ」

こらえきれない呻き声が溢れ出す。

鮮烈な刺激がペニスから脳天に突き抜ける。熱い口腔粘膜の感触がたまらない。スーツ姿の香菜子に男根をしゃぶられるというシチュエーションも興奮を煽る。我慢汁がとまらなくなるが、香菜子は気にすることなく首を振りはじめた。

「あふっ……はむっ……あふンっ」

濡れた唇が太幹の表面をゆっくり滑る。口内では舌が亀頭やカリに這いまわり、常に新たな快感を送りこんでいた。

「せ、先生……ううッ、す、すごいです」

もはや快楽の呻き声を抑えられない。

立ったままでのフェラチオだ。自然と足の指に力が入り、床をつかむように曲がっていた。

ペニスはこれ以上ないほど勃起している。そこに唾液を塗りつけられて、柔らかい唇でねっとりしごかれる。スーツ姿の美麗な女性がペニスを咥えているのだ。視覚的にも欲望が刺激された。

「ンっ……ンっ……」

首を振るスピードがどんどん速くなる。

香菜子は唇を離すことなく我慢汁を嚥下して、さらには首を振りながら左右にねじりはじめた。いわゆるローリングフェラというやつだ。はじめての体験で快感が爆発的にふくれあがった。

「ううッ、そ、それ以上されたら……」

両手で香菜子の頭をつかむと懸命に訴える。

このままつづけられたら口内で暴発してしまう。さすがにまずいと思うが、香菜子は中断するどころか猛烈に吸茎した。

「あむうううッ」

「おおおッ、で、出ちゃうっ、出ちゃいますっ、くおおおおおおッ！」

我慢できずに精液が噴きあがる。

立ったまま腰を揺らして、ドクドクと放出するのが気持ちいい。しかも同時に吸いあげられているので、精液が猛烈な勢いで尿道を流れていく。たまらず呻き声をまき散らしながら、香菜子の口内に精液をたっぷり注ぎこんだ。

3

「はンンっ……」

射精が終わるまで、香菜子はペニスから口を離さなかった。

そればかりか、口内に注ぎこまれる傍からザーメンを飲んでくれた。さらにペニスをねちっこくしゃぶり、お掃除フェラまでしてくれたのだ。

（ああっ、最高だ……）

勇次はこの世のものとは思えない快楽にすっかり酔っていた。ようやくペニスが解放されると、力つきてその場にヨロヨロと座りこんだ。

「たくさん出たね」

香菜子はうれしそうにつぶやき、指先で唇を拭った。

そして、立ちあがるとジャケットを脱いで、ブラウスのボタンを上から順にはずしはじめる。前が開くと白いブラジャーが現れた。さらにスカートをおろして、ストッキングもまるめるようにしながらさげていく。やがて女体に纏《まと》っているのはブラジャーとパンティだけになった。

「勇次くんも脱いで……」

香菜子の甘いささやきが耳に流れこんでくる。

絶頂の余韻で呆けていた勇次は、言われるまま服を脱ぎ捨てて裸になった。その間に香菜子はブラジャーをはずして大きな乳房を露にする。パンティも前屈みになりながらおろすと、濃い陰毛が生い茂る恥丘を剥き出しにした。

「まだできるでしょう?」

肩をそっと押されて、勇次は床で仰向けになった。

「い、今、出したばっかりだから……」

「そんなこと言って、まだビンビンよ」

ペニスを握られると、甘い痺れが波紋のようにひろがる。やさしくしごかれて、勃起していることを自覚した。

執拗なお掃除フェラで、萎えることなく硬さを持続していたらしい。射精した直後だというのに、恥ずかしいくらいに勃起していた。

「お礼だから、わたしが上になってあげる」

香菜子は勇次の股間にまたがると、両膝を床につけた騎乗位の体勢になる。躊躇することなく右手でペニスをつかんで先端を膣口に導いた。

「い、いいんですか？」

「わたしも欲しかったから……ンンンっ」

ゆっくり腰を落として挿入を開始する。

亀頭が膣口にはまり、さらに奥へと埋まっていく。やがて太幹もすべて呑みこまれて、ふたりの股間が密着した。

「ううぅッ……せ、先生」

「ああッ、これよ、これが欲しかったの」

香菜子は独りごとのようにつぶやき、さっそく腰を振りはじめる。

股間をクイクイとしゃくりあげる動きだ。膣のなかもうねり、根もとまで埋まったペニスが絞りあげられた。

「す、すごいっ、くうううッ」

「あンっ……あンっ……いいわっ」

勇次が呻くと香菜子も喘ぐ。ふたりとも昂っており、早くも遠くに絶頂の大波が見えていた。

「せ、先生、すぐイッちゃいそうですっ」

快感に耐えながら訴える。両手を伸ばして乳房を下から揉みしだくと、女体の悶えかたが激しくなった。

「あああッ、わ、わたしも……はあああッ」

香菜子が前屈みになり、勇次の胸板に手をついた。

そして、指先で乳首を転がしながら、腰を上下に振りはじめる。ペニスが膣でしごかれて、瞬く間に快感が大きくふくれあがった。

「そ、それダメですっ……くおおおッ」

「ああッ、ああッ……だ、出してっ、いっぱい出してっ」

腰を激しく振りながら香菜子がうながす。その言葉に背中を押されて、勇次は股間を思いきり突きあげた。

「おおおッ……おおおおおッ」

「あああッ、い、いいっ、イッちゃいそうっ」

感じているのは香菜子も同じだ。そう思うと、ついに我慢の限界を突破した。

「くおおおッ、で、出ますっ、出る出るっ、ぬおおおおおおおッ！」

女壺に深く突き刺さったペニスが脈動する。先ほど射精したばかりなのに、またしても大量の精液が噴きあがった。

騎乗位で搾り取られるのは強烈な快感だ。うねる膣が快感を呼び、絶頂からおりることができない。頭のなかがまっ赤に染まり、ガクガク痙攣しながら蕩けそうな愉悦にまみれた。

「あああぁッ、い、いいっ、イクイクッ、はああああああぁッ！」

香菜子もアクメに達して体を仰け反らせる。

熱い精液を注ぎこまれて、白い下腹部が大きくうねった。そのまま全身が凍りついたように硬直する。オルガスムスをじっくり堪能しているのか、小刻みに痙攣するだけでしばらく動かなかった。

やがて香菜子が脱力して勇次の胸板に倒れこんだ。そのままふたりは無言のまま抱き合っていた。

呼吸が整うまで、どれくらいかかったのだろうか。

先に動いたのは香菜子だった。折り重なったまま、勇次の耳もとに口を寄せた。

「ありがとう……」

ひと言だけ告げると、身なりを整えていく。そして、振り返ることなく剣道場をあとにした。

4

ひとり残された勇次は、剣道場の中央で寝転がっていた。

裸のままで天井をじっと見つめている。とっくに呼吸は整っているが、動く気力が湧かない。

香菜子とのセックスは最高に気持ちよかった。しかし、心まで満たされるものではなかったのも事実だ。

（沙月ちゃん……）

やはり脳裏に浮かぶのは沙月の顔だった。

胸のうちで名前を呼ぶと、なおさらせつなくなってしまう。つき合うことなどできないのはわかっている。沙月は大学の間、剣道に打ちこむと言っていた。彼氏を作る気などないだろう。

（でも、せめて……）

お別れする前に、ひと言でもいいので挨拶したい。それも許されないほど、嫌われてしまったのだろうか。

そのとき、剣道場の引き戸が開く音がした。

こんな時間に人が訪ねてくることはまずない。香菜子が忘れ物でもして取りに戻ったのだろう。そう思って仰向けのまま首だけ持ちあげた。

「えっ……」

一瞬、自分の目を疑った。

剣道場の入口に立っているのは沙月だ。剣道部の黒いジャージを着ている。会いたいと願うあまり、幻を見ているのかと思った

「ど、どうして、沙月ちゃんが……」

目を見開いて上半身を起こす。

その直後、自分が裸だということを思い出した。慌てて散らばっていた服をかき集めて身につける。しかし、今さらそんなことをしても手遅れだ。すでに裸を見られてしまったのだ。

(やばい、最悪だ……)

必死に言いわけを考えるが、焦るばかりでなにも思いつかない。

すると、沙月が剣道場に足を踏み入れた。まっすぐ勇次を見つめて、歩み寄ってくる。向かい合って立つが、沙月はにこりともしない。切れ長の瞳で勇次の目をのぞきこんでいた。

いったい、どんな言葉を浴びせかけられるのだろうか。想像するだけでも怖くなっ

て肩をすくめた。

「先生とも、あんなことしてたんだ」

沙月の言葉を聞いた直後、目の前が暗くなった。

どうやら香菜子とセックスしていたのを見られていたらしい。おそらく引き戸の隙間からのぞいていたのだろう。

きっと軽蔑したに違いない。怒鳴られても仕方ないと思ったが、沙月の声は淡々としている。冷静なのが逆に恐ろしい。憤怒の裏返しのような気がして、言葉を発することができなかった。

「勇次さんが宿から出ていくのが見えたから、おかしいと思ってついてきたの」

内心を探るような目を向けられて、なおさら萎縮してしまう。

勇次は黙りこんだまま顔をうつむかせる。沙月も口を閉ざして、こちらをじっと見ていた。沈黙が重くのしかかる。逃げ出したい衝動に駆られて、時間の経過が遅く感じられた。

「勇次さんはやさしいから、仕方ないですね」

沙月がぽつりとつぶやく。

どういうわけか声から力みが抜けている。呆れているような雰囲気はあるが、怒ってはいないようだ。

「盗み聞きするつもりはなかったけど、会話が聞こえてしまったんです。先生との経緯はなんとなくわかりました。関係を持ったのは、先生のためだったんですよね」

「そうなんだけど……なんか、ごめん」

なんとか言葉を絞り出す。

きっと気を悪くしたに違いない。これでますます距離が開いてしまうだろう。しかし、今は言葉を交わせるチャンスだ。これまで目も合わせてくれなかったので話しかけられなかったのだ。

「俺、沙月ちゃんに謝らなくちゃいけないことがあるんだ」

この際なので話しておきたい。

話すことで嫌われるかもしれない。だが、沙月に隠しごとはしたくない。これが最後のチャンスになるかもしれないと思うと、躊躇している場合ではなかった。

「剣道のことなんだけど、俺、ほんのちょっとかじっただけなんだ。高校のときに挫折したから、剣道歴は一年くらいしかなくて……兄さんとは全然違うんだよ」

思いきって打ち明ける。

どんな反応をされるか考えると怖い。だが、言わずにはいられなかった。沙月のことを本気で好きになってしまった。だから、嘘はつきたくなかった。

「そうだったんですか……」

沙月は考えこむような顔になる。だが、すぐに気を取り直したように勇次の目をまっすぐ見つめた。

「でも、勇次さんが勇敢な人だというのは変わりません。あのとき、いっしょに戦ってくれたじゃないですか」

「そ、それは……沙月ちゃんに勇気をもらったから……」

「ううん、それはわたしのほうです。勇次さんがいなかったら怖くて無理でした」

意外な言葉だった。

剣道が強い沙月なら、ひとりでも充分戦えたはずだ。それなのに勇次を立ててくれるやさしさに胸が熱くなった。

「剣道のこと、どうして打ち明けたんですか。黙っていれば誰にもわからなかったと思いますよ」

沙月が不思議そうに首をかしげる。

確かに、剣道が強いとみんな勘違いしていたので、そのまま押し通すこともできただろう。

「沙月ちゃんの様子がおかしかったからだよ。俺がなにか隠しごとをしていると気づいたんでしょ。だから、目も合わせてくれなかったんだよね」

さんざん考えたすえ、ようやくたどり着いた答えだ。

それがなかったとしても、沙月に隠しごとをしたくなかったので告白するつもりではいた。とにかく、沙月の前では誠実でいたかった。

「気づいてなかったです」

「それじゃあ、どうして無視してたの？」

「それは……」

沙月は視線をすっとそらす。そして、なにか言おうとして黙りこむ。そんなことを何度かくり返した。

「だって、恥ずかしいから……」

ようやく聞き取れるほど声が小さくなっている。

きっとセックスしたときのことを言っているのだろう。裸になって腰を振り合ったのだ。女性なら恥じらうのは当然のことだった。

「あれ……でも、今は俺のことを追いかけてきたんだよね」

ふと疑問が湧きあがる。

決して視線を合わせようとしなかったのに、宿から外に出た勇次を見かけてついてきたという。なにか矛盾している気がした。

「言いたいことがあったんですけど……」

沙月は途中まで言いかけて黙りこんだ。

いったい、なんだろうか。まったく想像がつかない。追いかけるほどなので、きっと重要なことに違いない。

「今、聞くよ」

「やっぱり、いいです」

沙月は視線をそらしている。

少し頬が赤く見えるのは気のせいだろうか。どこか落ち着かない感じで、様子がおかしかった。

（やっぱり、見られたのはまずかったな……）

香菜子とのセックスを見たせいで、話をする気がなくなったのだろう。

やはり気分を害しているに違いない。なんとか機嫌を直してもらう方法はないだろうか。

「わたし、先に帰るね」

「ちょ、ちょっと待って」

今、帰られてしまったら、それきりになってしまう気がした。頭で考えるより先に体が動いて、とっさに手をつかんだ。

「あンっ……」

沙月が色っぽい声を漏らしてドキッとする。

ただ手を軽くつかんだだけだ。それなのに感じているような声だった。実際にセックスしているので、なおさら想像がひろがってしまう。

(もしかしたら……)

先ほど香菜子とのセックスを見たことで昂っているのではないか。だから、軽く触れただけでも淫らな声が漏れてしまったのかもしれない。

「わたしたち、明日になったら帰るんです」

沙月が小声で語りはじめる。

勇次は手をつかんだままだが、振り払ったりはしない。それどころか、彼女のほうから指をしっかりからませる。いわゆる恋人つなぎになって、胸の鼓動が一気に速くなった。

「最後の夜なんです……」

いつしか沙月の瞳がしっとり潤んでいる。まるで発情したかのように目の下が桜色に染まっていた。

「そ、そうだね……だから、もう少しいっしょにいたいんだ」

勇気を出して誘ってみる。

明日にはお別れだと思うと、このまま帰らせたくなかった。もう一度だけ抱き合うことができたら、どんなに幸せだろうか。

「沙月ちゃん……」

肩にそっと手をかける。

沙月が顔を上向かせて睫毛を伏せた。口づけを待つ仕草だ。勇次は緊張しながら顔を寄せるとキスをした。

「勇次さん……」

両手を勇次の背中にまわしてしがみつく。

キスがどんどん深くなり、すぐに舌をからめて吸い合った。互いの唾液を味わうことで、気持ちが急速に高まっていく。口腔粘膜を擦り合わせては、何度も何度も唾液を交換した。

口づけを交わしながら相手の服を脱がしにかかる。

あっという間に自分も裸になり、肌と肌をぴったり重ねた。柔らかい乳房と胸板が密着してプニュッとひしゃげる。こうして相手の体温を感じることで、さらに気持ちが盛りあがった。

すでにペニスはいきり勃《た》ち、沙月の下腹部を圧迫している。男根の熱さに興奮したのか、沙月は内腿をもじもじと擦り合わせた。

確認するまでもなく、ふたりとも準備は整っている。すぐに挿入したいところだが、できるだけ長く楽しみたい気持ちも芽生えていた。

「沙月ちゃんとやってみたいことがあるんだ」

「勇次さんが望むことなら……」

沙月はこっくりうなずいてくれる。

ふたりは見つめ合うと、再び唇を重ねた。何度キスしても飽きることはない。舌を深くからませて、唾液をトロトロと交換した。

5

「逆向きになって、俺の上に乗ってくれないか」

勇次は床の上で仰向けになると、沙月に声をかけた。

「どうするんですか？」

「顔をまたいで重なるんだ」

「こ、こうですか？」

沙月はためらいながらも逆向きになって勇次の上に乗った。

いわゆるシックスナインの体勢だ。勇次の目の前に沙月の股間が迫っている。サーモンピンクの陰唇は、すでに愛蜜でグッショリ濡れており、チーズにも似た香りを放っていた。

「こ、こんな格好……」

今さらながら沙月が恥じらいの声を漏らす。

目の前には勃起したペニスがあるはずだ。興奮度合いを示すようにガチガチで、先端は我慢汁にまみれていた。

(沙月ちゃんとシックスナインができるなんて……)

興奮で頭のなかが沸騰している。

一度やってみたいと思っていたが、なかなか機会がなかった。こうして折り重なっているだけでも高揚する。勇次は両手を沙月の尻たぶにまわしこむと、首を持ちあげて陰唇にむしゃぶりついた。

「あああッ……」

沙月が喘ぎ声を漏らして、熱い息が男根に吹きかかった。

「こうして舐め合うんだ。興奮するだろ？」

「そ、そんなこと、できません……」

そう言いながら太幹に指を巻きつけてくれる。そして、亀頭に舌を這わせてネロリと舐めあげた。

「ううッ……い、いいよ」

お礼とばかりに、とがらせた舌先を膣口に挿入する。膣壁をねちっこく舐めまわして、ヌプヌプと出し入れした。

「ああンっ……ゆ、勇次さん」

沙月は内腿を震わせながら感じている。

亀頭をさんざん舐めまわしてから、ついにぱっくり咥えこむ。唇を竿に密着させると、一気に根もとまで飲みこんだ。

「ううぅッ、す、すごい」

「あふンッ、大きいです……あふううッ」

ペニスを口に含んだまま、くぐもった声でつぶやく。

沙月の声がさらなる興奮を誘って、膣に出し入れしている舌の動きが加速する。すると、沙月もペニスを咥えて首をリズミカルに振りはじめた。

相互愛撫でどんどん昂っていく。

気持ちいいことをしてもらったらお返しするので、あっという間に限界近くまで高まった。沙月の陰唇は大量の愛蜜にまみれている。勇次のペニスもこれ以上ないほど硬くなり、我慢汁を垂れ流していた。

「ああぁッ、ま、待ってください、これ以上されたら……」

「お、俺も、そろそろ……」

ひとつになりたくてたまらない。

もちろん、ふたりの気持ちは一致している。今はよけいな言葉を交わさなくても相手の考えていることがわかった。

沙月を自分の上からおろして床に横たえる。脚を押し開くと正常位で重なった。ペニスの切っ先で割れ目をなぞり、まずは我慢汁と愛蜜をなじませる。そうやっているうちに気持ちがさらに昂った。

「は、早く……く、ください」

眉を八の字に歪めて沙月が懇願する。

そんなことを言われたら我慢できなくなってしまう。もう少し焦らすつもりだったが、誘われるまま亀頭を埋めこんだ。

「はあああッ、ゆ、勇次さんっ」

「ううッ……あ、熱いっ」

膣のなかがマグマのように熱くなっている。

それだけ興奮している証拠かもしれない。そこにペニスを埋めこめば、膣襞がいっせいにざわめいて太幹にからみつく。しかし、それを振りきるように奥へ奥へと入っていく。

「そ、そんなに奥まで……あああッ」

沙月の喘ぎ声が大きくなる。

「できるだけ奥までつながりたいんだ」

目を見て語りかける。すると沙月はこっくりうなずいてくれた。

より深い一体感を味わいたい。やはりふたりの気持ちは一致している。それがうれしくて、自然とピストンがはじまった。

女壺のなかをペニスがヌプヌプ動いている。まだ激しくは動かない。じっくりとしたピストンで女体に火をつけていく。カリで膣壁を擦れば下腹部に痙攣が走り、亀頭で膣奥を突けば背中が大きく仰け反った。

「あああッ、い、いいっ」

「ううッ、す、すごいね。そんなにいいの？」

「い、いいっ、いいですっ、あああッ」

沙月は確実に高まっている。

敏感な反応に誘われて、抽送速度をさらにあげていく。勇次は二度も射精しているので、まだ耐えられる。しかし、沙月は一度も達していないので、快感曲線は急カーブを描いて上昇していた。

「ああッ……あああッ……」

男根の動きに合わせて喘ぎ声が大きくなる。両手で乳房を揉みあげると、さらに感じかたが激しくなった。

「も、もうダメになりそうですっ」

「イキそうなんだね。先にイッていいよ」

双つの乳首を摘まんで刺激しながら、ピストンを加速させる。ペニスを力強く打ちこめば、女体がググッと仰け反った。

「はああッ、い、いいの……はあああッ」

「おおおッ……おおおおおッ」

勇次の快感もアップしている。だが、今は沙月をイカせてあげたい。全力のピストンで追いこみにかかった。

「はあああッ、い、いいっ、イクッ、あああッ、イッちゃううううッ！」

ついに沙月が昇りつめる。甘い声を振りまいて全身をガクガクと震わせた。

沙月は絶頂しながら両手を勇次の尻にまわして強く引きつける。ペニスをより深い場所まで欲しているらしい。それならばと体重を乗せて、亀頭を膣道の奥まで押しこんだ。

「おおおッ、どんどん入るよっ」

「あああッ、はあああああッ！」

とたんに女体の痙攣が激しくなる。

アクメがより大きな愉悦のうねりに変化して、絶叫にも似たよがり泣きが剣道場に響きわたった。

6

「ううぅッ……す、すごかったね」

ペニスを締めつけられて、思わず呻き声が漏れる。

しかし、勇次は射精することなく耐え忍んだ。すでに二度射精しているので、おそらく次が打ち止めだ。それを思うと、ここは射精せずに我慢して、もう少し長く楽しみたかった。

「ああンっ……」

沙月は仰向けの状態で、絶頂の余韻のなかを漂っている。

膣にはまだペニスが刺さったままだ。射精していないので、野太い男根が膣道を押しひろげていた。

「やってみたいことがあるんだ」

声をかけながら上半身を伏せると、沙月の身体をしっかり抱きしめる。そして、ペニスを深く埋めた状態で胡座をかいて、女体を膝に乗せあげた。

「はううッ、ふ、深い……」

沙月が我に返ったようにつぶやき、勇次の体にしがみつく。

対面座位に移行したことで、沙月自身の体重が股間にかかり、ペニスがより深い場所まで突き刺さったのだ。

「すごく奥まで入ってるよ」

「は、はい……ああっ、すごいです」

沙月はたまらなそうに腰をよじる。

身体が勝手に反応して、膣が締まっているらしい。女壷全体が波打つようにうねり、無数の膣襞がペニスにからみついた。

「ううッ、すごくいいよ」

たまらず呻いて両手で女体を抱きしめる。

こうして密着しているだけでも愉悦がふくらんでいく。対面座位は密着する部分が多いため、深い一体感を味わうことができる。激しく動かなくても、快感の小波《さざなみ》がくり返し押し寄せた。

「ゆ、勇次さん……」

「沙月ちゃん……」

息のかかる距離で視線を交わして名前を呼び合う。

そうすることでテンションがあがり、どちらからともなく腰を振りはじめる。結合部分から湿った音が響いて、淫らな空気がひろがっていく。

「あッ……あッ……」

「うッ……ううッ……」

沙月が円を描くように腰をねちっこくまわせば、勇次は真下から股間をグイグイとしゃくりあげる。

対面座位ではどうしても腰の動きが制限されてしまう。だが、ふたりの動きが一致することで、しっかり快感を得ることができる。密着してのセックスが未知なる快楽を生み出していた。

「ああンっ、すごいです」

「お、俺も……ううッ、すごいっ」

見つめ合ってささやき、そのまま唇を重ねる。

対面座位でつながった状態でのキスだ。舌を深くからませると、快感が急速に成長する。沙月が腰を大きくまわして、勇次はペニスを突きこんだ。

「もっと深い場所まで……ううッ」

両手をまわしこんで沙月の尻たぶを抱えこむ。グイッと引きつければ、亀頭がさらに数ミリ奥まで入りこんだ。

「はううッ、ま、まだ奥まで……」

「き、気持ちいいっ、ううウッ」

「わ、わたしも気持ちいいです……はあああッ」

沙月の声が艶を帯びる。

また絶頂が近づいているらしい。対面座位で勇次にしがみつき、両手の指先を背中に食いこませた。

「おおおッ、さ、沙月ちゃんっ」

勇次の射精欲も限界近くまで高まっている。

これ以上は耐えられない、沙月のなかで達したい。そう思ってペニスを思いきり突きあげた。

「あああッ、い、いいっ、あああッ、いいのっ」

「ううウッ、さ、沙月ちゃんっ、おおおおッ」

沙月が艶めかしい声で喘げば、勇次は野太い声で呻く。

相手の感じている表情が刺激となり、快感を加速させる。ふたりでいっしょに昇りつめたい。強く抱き合ったまま、愉悦の大波に呑みこまれた。

「い、いいっ、イクッ、イクイクッ、あああッ、はあああああッ！」

「おおッ、で、出るっ、出るよっ、おおおおッ、くおおおおおおッ！」

ふたりの声が重なり、凄まじい快楽の嵐が吹き荒れる。

沙月がよがり泣いて身体をよじる。勇次は獣のような呻き声をあげて精液を思いきり放出した。

女壺のなかで男根が跳ねまわり、カリが膣壁にめりこんだ。ゴリゴリと擦れることで、快感がさらに高まっていく。今まさに絶頂しているのに、さらなる絶頂の大波が押し寄せる。

かつてこれほど感じたことはない。ふたりはきつく抱き合って、気が遠くなるほどの愉悦に溺れていった。

口づけを交わしたまま、床の上に倒れこんだ。

ペニスがズルリッと抜け落ちて、膣口から白濁液が逆流する。それでも、ふたりは舌をからませつづけた。

勇次の胸に熱い想いがこみあげる。

このまま沙月を離したくない。惹かれる気持ちを伝えたい。

だが、大学の間は彼氏を作らず、剣道に打ちこむと言っていた。沙月は心に深い傷を抱えており、それを乗り越えようとしているのだ。本気で想っているからこそ、告白することはできなかった。

沙月の目から涙が溢れて頬を流れ落ちる。

いったい、どんな想いを抱えているのだろうか。胸のうちを聞かせてほしいが、無遠慮に踏みこむことはできない。沙月の苦しみは理解しているつもりだ。心の傷が癒えるまでは、そっとしておくべきだと思う。

勇次にできるのは、ただ強く抱きしめることだけだった。

エピローグ

季節は流れて初夏を迎えていた。

勇次は大学四年に進級して、毎日を忙しく過ごしている。

東京に戻ってから、まじめに就職活動をはじめた。時間がいくらあっても足りないが、これまでさぼってきたのだから仕方ない。ほかの人より努力が必要なのは当然のことだった。

なかなか就職が決まらず焦りもある。

実家の民宿の手伝いをして吹っきれた。

思いがけず剣道のコーチをすることになって大変だったが、いい経験になった。女子部員たちの剣道に打ちこむ姿を見て、大いに影響を受けた。

同年代の彼女たちが汗を流して竹刀を振る姿は、勇次の鬱屈とした心に訴えかけてくるものがあった。剣道の上達に近道はない。日々の地道な鍛錬が必要だ。それを目の当たりにして、だらけている自分が恥ずかしくなった。

そして、なにより恋をしたことが大きい。

残念ながら気持ちを伝えることはできなかった。それでも、彼女に見合う男になりたいと思っている。いつか再会することがあったら、ひとまわり大きな男になっていたい。そして、そのときこそ告白するつもりだ。

（連絡先くらい聞いておけばよかったな……）

愛《いと》しい人の顔を脳裏に思い浮かべる。

実際のところ再会することは叶《かな》わないかもしれない。だが、彼女と出会ったことで変われたのだ。感謝の気持ちを伝える手段がないのがもどかしかった。

（あっ、もうこんな時間か……）

ファイルを棚に戻すと、大学の就職課をあとにする。

今日はこれから向かうところがあった。

じつは兄にまた剣道がやりたいと相談したのだ。そして兄の知り合いがやっている街の道場を紹介してもらった。

一度アパートに帰り、剣道着と竹刀、それに防具一式を持って道場に向かう。電車に揺られて十五分ほどの場所だ。道場に到着すると、すでに子供たちの元気な声が響いていた。

小さな道場だが活気がある。

小学校一年生から八十代まで、さまざまな年代の人たちが汗を流している。勇次もそこに加えてもらったのだ。

さっそく剣道着に着替えて素振りをはじめる。

高校時代はいやになってやめたのに、この年になって再び道場に戻ることになるとは思いもしなかった。

大嫌いだった基本稽古が今は楽しくて仕方がない。竹刀を振りすぎて手の皮が剝けると、たくさん稽古をした充実感が胸にひろがる。だんだん太刀筋が安定してくるのを実感して、もっと稽古をしたいと思う。

（俺、剣道が好きだったんだな……）

まずは一級を取ることが目標だ。

就職活動で忙しいので、時間がかかると思うがあきらめない。楽しみながらつづければ、そのうち初段も取れるはずだ。

（いつか、いっしょに稽古ができれば……）

またあの人のことを考えていた。

地稽古で打ちこまれたことも、今となってはいい思い出だ。今度、稽古する機会があったら、なんとか一本取りたい。悔しがる彼女の顔を思い浮かべて、竹刀を振りつづけた。

「勇次さん……」

一瞬、彼女の声が聞こえた気がした。

恋い焦がれるあまり幻聴が聞こえたらしい。集中が途切れている証拠だ。気合いを入れ直して竹刀を振る。

「ねえ、勇次さん」

またしても呼ぶ声が聞こえた。

まさかと思って振り返る。すると、道場の入口にひとりの女性が立っていた。遠目にも沙月だとわかった。

（まさか……）

自分の目が信じられない。

素振りを中断すると、訝《いぶか》しみながら入口へと向かう。どう見ても沙月だが、いまだに信じられなかった。

「お久しぶりです」

沙月はやさしげな笑みを浮かべている。かつて見たことがないほど明るい表情になっていた。

「ど、どうして……」

なにが起きたのか理解できない。

幻を見ているのではないか。勇次は思わず眉根を寄せて、沙月の顔をまじまじと見つめた。

「怖い顔して、どうしたんですか？」

沙月は首を少しかしげてにっこり笑う。

幻ではない。確かに愛しい人が目の前にいる。二度と会えないかもしれないとさえ思っていたのに、いったいどういうことだろうか。

「どういうこと？」

「ふふっ……じつはお兄さんに聞いたんです」

沙月はいたずらっぽい笑みを浮かべると、ようやく種明かしをしてくれる。

宿に電話をかけて、兄と話をしたという。そして、勇次がこの道場で剣道をはじめたと聞いたのだ。

「そもそも、どうして電話をかけたんだよ」

今ひとつ釈然としない。

なにか用事がなければ宿泊施設に電話をかけることなどないはずだ。いったい、どういうことだろうか。

「勇次さんの連絡先を教えてもらうためですよ」

「俺の……どうして？」

「もうっ、そんなこともわからないんですか」

沙月がむっとした顔をする。そして、勇次の目をにらみつけた。

「会いたかったからに決まってるじゃないですか」

感情が溢れ出したように声が大きくなる。

今日の沙月は小花を散らした柄のフレアスカートに白いブラウスという清潔感のある服装だ。黒髪も艶々しており、お洒落をしてきたのかもしれない。女心がわかっていなかった自分を殴ってやりたくなった。

「ごめん……」

小声で謝ると、沙月は力をふっと抜いて笑みを浮かべた。

「でも、剣道をはじめたって聞いてうれしかったです。だから、来ちゃいました」

ようやく状況が呑みこめた。

わざわざ連絡先を調べて、こうして道場を訪ねてくれたのだ。信じられないことが現実になっていた。

「沙月ちゃん……俺もうれしいよ」

思わず笑みがこぼれる。

再会できたことはもちろんだが、なにより「会いたかった」と思ってくれたことに感激していた。

「いい道場ですね」

照れ隠しなのか、沙月が道場を見まわしてつぶやく。

ここでは誰もが剣道を楽しんでいる。やらされている者はひとりもいない。決してレベルが高いとは言えないが、みんな剣道が大好きだ。

「俺にはこういうところが合ってるんだ」

いい道場を紹介してもらったと思う。きっと兄は勇次の性格を考えて選んでくれたのだろう。

「たまに出稽古に来てもいいですか」

沙月がぽつりとつぶやいた。

「もちろんだよ。俺から師範《しはん》に頼んでおくよ」

思いがけない申し出だ。

沙月が出稽古に来てくれるなら、そんなにうれしいことはない。そのたびに会えると思うと、きっと上達も早くなるだろう。

いつか沙月を守れるような強い男になりたい。きっと自信がついたら告白できるだろう。「好きです。つき合ってください」と——。


（了）

＊本作品はフィクションです。作品内に登場する人名、地名、団体名等は実在のものとは関係ありません。

長編小説

ふしだら稽古《けいこ》　女子大剣道部《じょしだいけんどうぶ》

葉月奏太《はづきそうた》

2025年2月10日　初版第一刷発行

カバーデザイン……………………………… 小林こうじ

発行所……………………………………… 株式会社竹書房

〒102-0075　東京都千代田区三番町8－1

三番町東急ビル6F

email：info@takeshobo.co.jp

https://www.takeshobo.co.jp

印刷・製本……………………… 中央精版印刷株式会社

■定価はカバーに表示してあります。